KB252643

묘하게 다정한 날들

묘하게 다정한 날들

묘하게 다정한 날들

반려묘와 함께하는
심리치유 에세이

희서 지음

느닷없이 찾아온 공황장애는 내가 할 수 있는 범위를 좁혀 나갔다. 때로는 좌절했고, 다시 일어서려고 발버둥 쳤던 시간들. 그 가운데 고양이가 있었다. 쫓기듯 살아온 나날 속에서 고양이들은 내게 작은 쉼이 되어 주었다. 녀석들을 가만히 바라보고 있으면, 종일 분주하게 살아가는 내 모습이 미안해질 정도였다. 이 생명체는 어찌 이리 느릿느릿 느긋한지.

고양이를 돌보며 살아가는 일상은 때로 삶의 전환점이 되기도 한다. 적어도 나에게는 그러했다. 나는 루이, 베리 이 녀석들과 함께했던 느슨하고 다정한 시간을 글로 옮기기 시작했다. 고양이와의 일상을 쓰기 위해 자주 멈춰 섰고, 오래 바라봤고, 천천히 생각하는 법을 익혀 나갔다. 그러는 사이, 내 안에도 조금씩 여백이 생겼고 이들이 건넨 위로와 삶의 지혜도 차곡차곡 쌓여 갔다. 처음에는 내가 고양이를 돌보는 줄 알았다. 하지만 실은 이들이 나를 살리고 있었다.

고양이와의 일상을 글로 쓰다 보니, 자연스럽게 세상 속 고양이들에게도 시선이 닿았다. 길 위의 작은 생명들이 품은 따스함에 때로는 마음이 뭉클해지기도, 그들이 이어 가는 삶의 방식에 때로는 숙연해지기도 했다.

세상의 작은 존재들이 안온하길 바란다. 작은 것은 결코 작은 것이 아님을, 약한 것은 결코 약함에 머물러 있지 않음을 나는 이 책을 쓰며 다시 한번 느꼈다. 작은 것은 때로 가장 큰 것을 움직인다. 나는 그 믿음을 여전히 그리고 오래도록 품고 살아갈 것이다.

이 책이 마음의 균형을 잃은 당신에게, 자기 돌봄이 필요한 당신에게, 작은 존재에게서 큰 의미를 찾으려는 당신에게 한 줌의 희망이 되길 바란다.

2026년 겨울

희서

함께 산다는 건
자주 다정해진다는 것

길 위의 다정함
그래서 살아

묘하고 다정하게
나를 알아 가는 시간

**공황장애가
고양이를　만나면**

"숨이 잘 안 쉬어져요. 빨리 와 주세요. 아이도 있어요. 제 뱃속에도요."

119로 전화를 걸었다. 숨통이 점점 조여 왔다. 허공을 떠돌던 몸은 이내 바닥으로 가라앉았다. 어두워지는 의식 속에 뱃속 둘째 아이는 멀어졌지만, 눈앞에서 울고 있는 첫째 아이만은 놓치지 않으려 안간힘을 썼다. 아득해지는 정신과 겨루고 있던 그 순간, 집을 향해 다가오는 구급대원의 발소리가 들려왔다.

"도와주세요."

구급차에 올라타 가쁜 호흡을 붙잡고 아이를 안았다. 네

가 우는 건지 내가 우는 건지 달래야 할 울음과 붙잡아야
할 정신이 엉켜 버린 시간 속을 달려갔다.

첫 공황 발작의 기억은 지금도 또렷하다. 구름이 제 갈
길을 가고 있던 봄날의 오후, 바람에 실린 햇살은 눈부셨고
모든 것이 평화로웠지만 불현듯 시야가 좁아졌다. 가까이
있던 아이의 소리가 멀리서 들려왔으며 호흡은 갈라지듯 빠
르게 이어졌다. 이상한 기운을 감지했는지 아이가 울기 시
작했다. 하지만 아이의 갈라진 흐느낌만이 내가 유일하게
붙잡을 수 있는 실체였다.

산부인과 주치의는 아기집이 동맥을 눌러 잠시 혈류 순
환이 원활하지 않았던 것뿐이니 걱정하지 말고 안정을 취
하라고 했다. 그러나 임신 중에 이런 일이 한두 번 더 반복
되었다. 둘째 아이를 낳고도 이따금 찾아오던 불길하고도
강렬한 기운. 정신 의학과를 다녀온 후에야 이것이 단순 혈
류 이상이 아니란 걸 알게 되었다.

번아웃, 공황장애를 안게 된 것이다. 내가 감당할 수 있
는 수준보다 벅찬 일상을 살아가고 있었던 걸까. 놓을 수
없었던 일과 육아, 둘째 임신의 부담감은 야금야금 정신을
갉아먹었던 모양이다. 운동신경이 약했던 첫째 아이는 걸핏

하면 넘어지거나 다치기 일쑤였다. 당시 아이는 미끄럼틀을 타다가 발을 헛디디는 바람에 다리가 부러졌었다. 여러 차례 다치긴 했지만 골절된 건 처음이었다. 둘째 임신 사실을 안 지 얼마 되지 않았을 때였다. 아프고 답답한지 아이는 안아 달라고 보챘다. 임신 초기였던 나는 이러지도 저러지도 못한 채 마음만 졸이며 하루하루를 보냈다.

결혼 전, 휘청거리는 집안의 가장으로 서야 했던 것도 나였다. 하고 싶은 것도 갖고 싶은 것도 많았지만, 욕구를 접어야 했다. 그것이 무너져 가는 가정에서 장녀에게 주어진 책임이자 도리라고 여겼다. 결혼 후에도 한 아이의 엄마가 된 후에도 이런 습관은 몸에 배어, 내 갈증은 뒷전인 사람이 되어 있었다.

그러다가 둘째 임신 소식은 기쁨인 동시에 나를 긴장하게 했다. 몸이 약해 유산기가 있었기 때문이다. 다리 사이로 검붉은 피가 뚝뚝 떨어지던 날, 나는 울면서 병원으로 달려갔다. 둘째 아이는 세상 빛을 보기 어려울 거라고 의사는 진단했다. 하지만 초음파상 들려온 우렁찬 심장 소리는 내가 아이를 꼭 지켜야 할 이유였다.

"아기집보다 피가 고인 부위가 너무 커요. 솔직히 말씀드

리면 아기가 잘 버텨 주긴 어려운 상황입니다. 마음 단단히 먹으세요."

두 번째 하혈을 하고, 결국 입원 생활이 시작되었다. 병원에서는 적어도 26주까지는 엄마가 뱃속에서 아이를 품어야 한다고 했다. 공평하게 주어지는 하루의 시간이 나에게는 더디게 흘러갔다. 하지만 어둠이 가시고 병실 안으로 새벽빛이 스며들면 다시 희망을 품었다. 잡히지 않을 것 같던 시간과의 사투 속에서 어느 정도 안정기에 들어서자 집으로 돌아갈 수 있었다. 퇴원 날짜만 손꼽아 기다렸는데, 집에 돌아가면 이제 어려움은 따라오지 않을 거라 생각했는데, 아이를 지키겠다는 간절함 때문이었을까? 퇴원한 후로도 조금만 일상이 벅차거나 긴장할 일이 생기면 내 의지와는 상관없이 정신이 몽롱해지고 심장이 두근거렸다. 엄마도 흔들릴 수 있고 아플 수 있는데, 늘 강해야 한다고 스스로를 다그치며 살아왔던 내가, 나 자신을 가장 괴롭혔는지도 모르겠다. 한 사람이 해낼 수 있는 역할은 얼마나 될까. 약해지면 안 된다는 강박이 결국 나를 쓰러지게 했다. 연약함을 인정하는 순간이 회복의 첫걸음인 것을 그때는 알지 못했다.

다행히 둘째 아이는 건강한 모습으로 내 품에 고이 안겼다. 내가 살린 게 아니고 아이가 스스로 살아났다. 나는 약했지만 아이가 끝까지 나를 붙잡았다. 지금도 나는 딸아이를 볼 때마다 지켜 낸 생명을 감사히 여긴다. '네가 너를 살렸고 나도 살렸다.' 하지만 동시에 열고 싶지 않은 선물도 따라왔다. 공황. 분주한 삶에 경고등처럼 켜지는 공황은 미운 녀석이지만, 일상을 잠시 멈추고 되돌아보게 하는 존재이기도 하다.

'무엇이 나를 힘들게 하는 걸까.'

빨간불이 켜지면 하던 모든 일을 조용히 내려놓는다. 그리고 형체가 없는 녀석에게 가만히 타이른다.

'나 이제 괜찮아. 걱정하지 말고 멀리 가. 이제는 정말 괜찮으니까.'

내 속에 작은 변화가 일어난 건 루이, 베리의 엄마가 되고부터였다. 바쁜 일상 속 작은 숨통이자 쉼이 되는 고양이들. 눈만 마주쳐도 조용히 골골송을 불러 주는 루이와 주위를 맴돌며 골골송을 부르는 베리. 생긴 것도 성향도 다른 두 아이는 각자의 방식으로 위로묘가 되어 주었다.

살포시 다가가 잠든 루이의 털을 쓰다듬으면 그르렁그

르렁 목에서 울림이 인다. 떨리는 목덜미에 손을 갖다 대면 진동은 금세 온몸으로 번진다. 진동 소리는 마치 아늑한 자장가 같아 때때로 기분 좋은 잠에 빠지게 만든다. 실제로 골골송은 스트레스 호르몬을 줄이고, 긴장을 완화하는 주파수를 지닌다고 한다. 고양이들의 작은 노래가 나에게는 보이지 않는 언어의 위로라는 생각이 들었다. 불청객이 찾아오려 할 때 루이, 베리에게 묘약의 힘을 빌린다.

소리 없이 다가와 마음을 감싸는 마법의 노래.
고요히 건네는 작은 생명들의 다정한 위로.

어느 별에서
왔니?

남편을 설득하기까지 꽤 오랜 시간이 걸렸다. 동물을 그다지 좋아하지도 않을뿐더러 키운다고 해도 한 생명에 따라오는 책임을 어찌 다 감당할 수 있겠냐는 거다. 남편은 감정보다 논리가 앞서는 사람이다.

"고양이는 손이 많이 안 간대. 털도 생각보다 많이 안 빠진대. 소원이야. 내가 책임질게!"

어릴 적에 작은 강아지를 잠시 키운 적이 있다. 앙증맞은 강아지가 귀여워 계속 안고만 있었다. 어린 강아지는 아직 대소변을 가리지 못해 뒤처리는 늘 엄마의 몫이었다. 어느 날 학교에서 돌아오니 강아지는 화장실에서 숨죽이고 있었고 엄마는 씩씩거리고 있었다. 강아지가 하필 피아노가 놓인 구석 자리에 용변을 본 것이다. 동물을 좋아하는 사람 같았으면 너그러이 넘어갈 문제였지만 엄마랑 상의도 없이 아빠가 데리고 온 강아지는, 엄마의 차가운 결심에 결국 다른 집에 보내졌다. 그 일은 내가 어른이 된 지금까지도 또렷한 기억으로 남아 오래도록 마음을 짓눌렀다.

'어른이 되면 강아지를 꼭 키워야지. 말 못 하는 생명이라고 엄마처럼 그렇게 대하지 않을 거야.'

그 마음을 슬며시 꺼낸 건 첫째 아이가 초등학교 2학년이 되던 해였다. 사실 강아지를 키우고 싶었지만, 이성적인 남편을 설득하기란 여간 어려운 일이 아니었다. 좀 더 독립적이고 손도 덜 간다는 고양이를 내세웠던 건 남편과의 타협점을 찾고 싶어서였다. 남편은 결국 내 손을 들어주었고 나는 두 고양이의 집사가 되었다.

구름보다 부드러운 털, 쫑긋 솟은 귀, 신비로운 이야기가 담긴 눈망울. 고양이에 빠지지 않을 이유가 없었다. 집에 온 첫날, 아기 고양이는 그릉그릉 소리를 내며 집 안 곳곳을 탐험하기 시작했다. 블루베리 색상의 털을 가졌다며 딸아이는 아기 고양이에게 '베리'라는 이름을 지어 주었다. 한

달 뒤에 소심쟁이 루이까지 합류하며 두 고양이와의 일상
이 시작되었다.

루이, 베리와 지내다 보니 자연스럽게 동물 관련 TV 프
로그램에 관심이 갔다. 특히 고양이와 얽힌 사연이 방영될
때면 하던 일을 멈추고 귀를 쫑긋 세웠다. 하필 그때 다뤄
진 내용이 고양이 불법 번식 농장, 일명 '고양이 공장'이었
다. 어두컴컴하고 눅눅한 철창 안에 수백 마리의 고양이들
이 갇혀 절규하는 모습을 보고 있으니 가슴이 새까맣게 타
는 느낌이었다. 언제 갈았는지도 모르는 누런 물, 임신과 출
산을 끊임없이 반복하여 반항할 힘조차 사라진 눈, 동료의
사체를 옆에 두고도 썩은 사료 부스러기를 입으로 가져가
는 묘생. 그곳은 지옥이었다. 끔찍한 광경 속에 화가 치밀다
못해 분노가 들끓었다.

"루이야, 베리야, 어디에서 왔니? 너희 엄마는 지금 어디
에 있을까?"

루이와 베리를 데려온 곳은 동물 병원에서 운영하는 보
호소였다. 믿고 데려온 것이지만, 저 철창 속에 루이와 베리
의 엄마가 아직 있을지도 모른다는 생각에 마음이 무거워
졌다.

"어느 별에서 온 거니?"

그날 이후 나는
두 고양이의 엄마가 되어 주기로 결심했다.
묘생이 다하는 날까지.

아기 고양이

- 희서

야옹야옹
서럽게 우는 아기 고양이

밤낮으로 울어대서
가까이 다가가니

아기 고양이 옆에
엄마 고양이 잠들어 있다
고양이별 간 것도 모르고
뻣뻣해진 엄마 몸을
핥고 있는 아기 고양이
핥은 자리자리마다
피어나는 엄마와의 추억

쉰 목소리로
몇 번을 더 울다가
엄마 곁에 잠시 눈을 붙인다

빗속에서
내려놓은 것들

때늦은 장마가 질척이며 이어
지던 날이었다. 태양은 구름의 기세에 등을 펴지 못한 채
오랜 시간 자취를 감추었던 날. 이런 날은 아침부터 마음이
분주해진다. 부산한 마음에 비해 몸은 더디어서 문제지만.

아침 출근길, 터널 안에서 갑자기 공황 증세가 올라왔
다. 며칠 동안 일에 치이고 아이들이 번갈아 아파 밤새 간
호하느라 몸이 너덜너덜했다. 아니나 다를까 그 반갑지 않
은 녀석이 하필이면 운전 중 터널 안에서 찾아온 것이다.
당황하지 않은 척했지만 손은 바삐 움직였다. 라디오 볼륨
을 최대로 키우고 창문을 열었다. 그리고 남편에게 전화를

걸었다. 누구하고든 말을 이어 나가야 이 암흑에서 벗어날 수 있을 거 같았지만, 남편은 회의 중이니 잠시 후에 전화하겠다는 메시지를 보내왔다. 그때부터 공황 증세는 점점 거세어져 갔다. 불안해서 운전할 수 없을 지경이었다. 여기서 정신을 잃으면 큰 사고로 이어질 수 있다는 생각이 들었다. 나는 신경이 한 곳으로 쏠리지 않도록 말도 안 되는 노래를 큰 소리로 부르며 어차어차 터널을 빠져나왔다.

'휴우, 살았다.'

그 후로 운전대를 놓았다. 주인을 잃은 민트색 소형차는 지하 주차장에서 홀로 잠을 자야 하는 시간이 길어졌다. 앞으로 운전은 못 할 거 같으니 그만 차를 팔자며 남편은 다그쳤지만, 오랜 세월 함께했던 작은 애마를 차마 보낼 수가 없었다.

"운전 다시 할 수 있어. 할 거야. 조금 더 놔둬 봐."

지금 팔아야 감가상각이 덜 되어 그나마 제값을 받을 수 있을 거라며 남편은 아파트 대출금 이자까지 들먹거렸다.

'그래, 6개월이면 많이 기다렸다. 보내자. 나의 고마운 꼬마 차야. 그동안 고생 많았어. 좋은 주인 만나.'

이게 뭐라고 마음이 출렁대는 건지. 떠나는 차의 뒤꽁무

니가 보이지 않을 때까지 자리에 붙박여 있었다. 꼬마 차를 처음 만나 설렜던 날, 꼬마 차에 꼬꼬마 두 녀석을 태우고 어린이집에 데려다주던 날, 꼬마 차와 함께 고속도로를 달려 봤던 날이 주마등처럼 지나갔다.

'잘 가. 고마웠어.'

사실 꼬마 차가 떠나던 날 내가 그토록 아팠던 건 더는 민트색 차를 몰 수 없어서가 아니었다. 공황이란 녀석 앞에서, 두 손으로 운전대를 잡을 수 없을 만큼 무너져 버린 나를 인정하는 게 괴로워서였다. 운전을 할 수 없게 되면서 출근길은 자연스레 대중교통으로 바뀌었다. 아침에 조금 더 서둘러야 했다.

비가 오는 날, 시내버스 안은 총, 칼이 없는 전쟁터와 다름없었다. 바쁘게 열리고 닫히는 문. 그때마다 사람들 사이의 크고 작은 실랑이. 젖은 옷에서 풍기는 비릿한 물 냄새와 질척이는 버스 바닥. 채 마르지도 않은 우산에서 흘러내리는 빗물.

다시 숨통이 조여 왔고 나는 두 정거장도 미처 가지 못하고 버스에서 내렸다. 그리고 오래가지 못해 직장을 그만두었다.

앞만 보고 달려왔던 나에게 퇴사 후 갑작스레 안겨진 시간은 오히려 부담으로 다가왔다. 주어진 시간을 최대한 효율적으로 써서 결과물을 만들어 내는 데만 매달려 온 내게, 이렇게 빈둥거리는 시간은 낯설고 불안하기만 했다. 허투루 흘려보내는 것 같아 스스로가 한심해 보이기까지 했다. 적적해지면 나는 친구에게 전화를 걸었다.

"채빈아, 뭐 해? 나는 뭘 해야 할까?"

"넷플릭스에 인기 드라마 완결까지 올라왔더라. 정주행해. 심심할 틈이 어딨어. 애들 곧 들이닥칠 텐데."

이해가 안 된다는 듯 친구는 내가 해야 할 일들을 일목요연하게 정리해 줬고, 나는 쓴웃음을 짓고는 전화를 끊었다. 심심한 자를 구원하기 위해 친구는 한 번씩 나를 자기 집으로 불러 주곤 했다. 친구 집에 들어서면 '슈가'라는 이름을 가진 보송한 고양이가 달콤한 꿈을 꾸고 있는 건지 꿈쩍도 하지 않고 잠들어 있었다. 그러다 잠에서 깨어나면 기지개를 켜고 다가와 반겨 주었다. '인간 친구야, 반갑다옹.' 그러면 나는 사랑스러운 고양이를 쓰다듬고 친구와 함께 이야기꽃을 피우던 식탁으로 향했다.

친구가 커피를 내리는 동안 나는 식탁 위에 쌓여 있는

책들을 들춰 보다가 눈에 띈 책에 관해 물어보곤 했다. 그러면 친구는 책을 읽으며 느꼈던 소회와 여운을 아낌없이 들려주었다. 나는 그곳의 느슨함이 좋았다.

분명 시간은 똑같이 주어졌고 주부의 역할도 같은데 친구에게는 나에게 없는 품격과 여유가 은근히 묻어났다. 친구 집에만 다녀오면 어쩐지 향긋한 풀 내음이 내가 걷는 길목마다 따라오는 듯했다.

고양이의 느긋함을 닮은 그녀. 그녀를 닮은 달콤한 고양이. 서로가 닮아서 끌린 걸까? 살아가다 보니 닮아진 걸까?

그녀의 고양이 슈가와 그녀를 생각하니 따스한 햇볕에 슬며시 불어오는 바람 한 줄기가 떠올랐다. 그리고 나도 저들처럼 살고 싶었다. 조급하지 않게 삶의 여유를 느끼면서.

우리　약해서
다행이다

　　　　　이른 새벽, 아파트 로비는 인파로 북적였다. 설렘을 감추지 못한 웃음과 떠드는 소리가 가득했다. 사람들 속에 떠밀려 가다 보니 나는 어느덧 엘리베이터 앞에 다다랐다. 이번 1월 1일에는 해돋이를 꼭 보고야 말겠다는 결연한 다짐을 하고 나선 자리였다.

　67층 아파트 옥상을 일 년에 딱 하루 개방하는 날. 사방이 뻥 뚫려 넓은 시야가 확보되는 아파트 옥상 해맞이 행사는, 멀리 동해까지 가지 않아도 높은 산을 오르지 않아도 환상적인 뷰와 해돋이의 감동을 동시에 안겨 주어 입주민들이 손꼽아 기다리는 날이다. 그런데 엘리베이터 앞에 서니 집을 나서기 전의 포부는 온데간데없이 마음이 점점 쪼그라들기 시작했다. 밀폐된 공간에 머무는 것을 최대한 피하며 살아왔다. 공황이란 녀석이 언제 어디에서 어떻게 발현될지 모르기에 예기불안의 싹이 트지 않게 조심조심 살아왔다. 저층부에 살았기에 고층부 엘리베이터는 타 보지 않았을뿐더러 이 많은 인파와 함께 타고 갈 생각을 하니 오금이 저렸다.

'고속 엘리베이터라고 했지. 1분 30초. 심호흡 한 번 크게 하고 가 보자!'

별것 아닌 일이 나에게는 별일이고 도전인 일상에 때때로 마음이 무너져 내리지만, 내 옆에는 새해 첫 태양을 보겠다고 새벽같이 일어난 두 아이가 함께하고 있었다. 애써 태연한 척 아이들에게 미소를 보이고는 식은땀을 닦아 내렸다. 그리고 엘리베이터에 몸을 실었다.

문이 닫히는 순간,

위에서부터 아래로 심장이 철렁 내려앉았다.

* * *

창문에 피어오른 뿌연 김을 보며 바깥 날씨를 대강 예측해 보니 환기할 엄두가 나지 않았다.

'도대체 얼마나 추운 거야. 으윽.'

두툼한 니트를 걸치고 마음을 단단히 먹고 나서 거실 창문을 하나씩 열었다. 매서운 바람이 삽시간에 들이닥치더니 집 안 공기가 냉랭해졌다.

'빨리 끝내자.'

거사를 앞둔 사람처럼 마음을 다시 한번 가다듬고 창문 두어 개를 더 열었다. 그리고 청소기를 들었다.

'위잉. 위잉. 위이잉'

순간, 고양이들이 번개처럼 튀었다. 소파 뒤, 테이블 아래, 침대 밑. 각자 가장 안전하다고 여기는 곳으로 몸을 날렸다. 루이는 눈을 동그랗게 뜨고 나를 빤히 노려보았다. '왜 그런 무시무시한 걸 들고 있는 거나옹?' 베리는 바닥을 납작 기고 있었다. 문밖으로 도망가고 싶다는 듯 문턱 쪽을 기웃거리면서.

매일 아침 겪는 일이지만 고양이들에겐 여전히 익숙해지지도 풀리지도 않는 숙제 같은 시간. 청소기를 돌릴 때마다 미안한 마음이 올라온다.

"빨리 끝낼게. 조금만 기다려 봐."

청소기 소리가 멈추고 창문이 닫힌 걸 확인한 후에야 긴장을 풀고 천천히 일어나 기지개를 켜는 고양이들.

그저 평범한 일상이 누군가에겐 여전히 풀어 나가야 할 과제이고 도전이 될 수 있다.

엘리베이터를 타다.

청소기를 돌리다.

왜 나는 아무것도 아닌 일을 이토록 극복하지 못할까. 스스로를 책망한 적도 짓눌린 마음에 주저앉은 적도 있었다. 하지만 이런 나를 받아들이지 못할수록 상황은 더 깊이 가라앉았다. 다시 일어서기까지 꽤 오랜 시간이 걸렸다. 이런 나도 나인데. 내가 외면하면 누가 과연 나를 안아 줄 수 있을까. 부족함을 인정하고 삐걱대는 마음을 보듬는 순간 비로소 나를 바라볼 수 있었다. 그렇게 마주한 나를 조금씩 사랑할 수 있었다. 약하기에 사람인 거지.

이런 나라서 작은 생명의 떨림에도 귀를 기울일 수 있게 된 건 아닌지. 예전 같았으면 대수롭지 않게 지나쳤을 일에도 이젠 '보잘것없다'라고 속단하지 않았다. 내가 약하기에 루이와 베리의 작은 몸짓에도 마음이 닿는 것이다. 고양이

들이 보여 주는 눈빛 하나, 몸을 둥글게 말고 잠든 자세 하
나에도 눈길이 머물렀다.

우리, 약해서 다행이다.
서로를 보듬으며 살아갈 수 있으니까.

고양이도
우울증에　걸려요?

　　　　　　　"고양이들은 내가 잘 챙길게.
걱정하지 말고 다녀와."

　영역을 벗어나면 극도로 불안해하는 고양이를 위해 결정한 일이었다. 나와 아이들이 치앙마이 한 달 살이로 집을 떠나 있는 동안 남편이 고양이를 돌보기로 한 것은 말이다. 그때까지만 해도 모든 게 순조롭게 흘러갈 거라 믿었다. 공간도 먹는 것도 노는 것도 곁에 있는 동료도 모든 건 그대로였으니까.

＊ ＊ ＊

마흔을 앞두고 이렇게나 아플 줄은 상상하지 못했다. 눈에서 시작된 통증은 머리의 신경을 짓눌렀고, 온몸으로 번져 갔다. 뾰족한 병명도 치료법도 알 수 없어 희미한 희망조차 잡을 수 없는 날들의 연속이었다. 끊어질 듯 이어지는 시간 가운데 마약성 진통제는 썩은 동아줄과 같은 존재였다. 후일에 재앙의 씨앗이 된 줄도 모르고.

겨우 잠이 들었던 새벽녘, 설핏 눈을 떴을 무렵부터 통증이 서서히 밀려왔다. 바짝 곤두선 신경은 마약성 진통제로 눌러야만 다시 잠들 수 있을 것 같았다. 창밖의 어슴푸레한 빛은 점점 명암을 드러냈지만, 나는 진통제 한 알을 삼키고는 세상의 그러데이션 따윈 상관없다는 듯 이불 속으로 파고들었다. 다시 잠들기 위해, 그저 버티기 위해.

그러고 나서 정신을 차렸을 땐 중환자실이었다. 마약성 진통제가 내 속을 갉아먹었고, 수혈로도 채워지지 않는 피가 위장 안에서 줄줄 새어 나갔다고 했다. 응급 수술 끝에 중환자실로 옮겨진 것이다. 침대마다 희미한 숨소리만 깔린 곳. 가느다란 의식을 붙잡고 있는 이들 사이에서 정신이 또렷한 사람은 나뿐이었다.

"제가 왜 여기에 있나요? 일반 병동으로 옮겨 주세요."

“희서 님, 지금은 집중 관찰이 꼭 필요한 상태예요. 일반 병실로 가면 저희가 책임질 수 없습니다.”

단호하고 삼엄한 간호사의 말투는 내 상태가 ‘일반적이지 않다’라는 사실을 각인시켰다. 의식이 있다는 게 이렇게나 고통스러울 줄이야. 차라리 세상이 흐릿하게 보였더라면 이런 절망까지는 느끼지 않았을 텐데. 모든 게 그저 꿈이었으면. 꿈에서 깨어나면 사라지는 환영이었으면.

그러나 바람은 바람으로 끝났다. 퇴원 후에도 지속되는 통증은 결국 마음으로 전이되어 무기력한 상태로 내려앉게 했다. 정신 의학과에 찾아갔던 건 그럼에도 살아가야 했기 때문이다. 아이들의 얼굴이 남편의 얼굴이 어른거렸다. 나에게는 반드시 살아가야 할 이유가 있었다. 처음 본 의사 앞에서 꽤 오랜 시간을 울었고, 병원 문을 나올 땐 눈 주변이 벌겋게 달아올라 있었다. 몸이 아파 마음이 아팠던 건지 마음이 아파 몸이 아팠던 건지 경계가 흐려진 시간은 계속되었다.

* * *

"루이 털이 눈에 띄게 빠졌어. 그리고 온종일 그루밍만 해."

귀국을 며칠 앞두고 남편이 전한 느닷없는 이야기는 도무지 이해되지 않았다. 고민하는 시간이 길어졌지만, 결론은 피부염쯤일 거로 생각했다. 영상통화 속 남편의 얼굴은 부석했고, 목소리엔 깊은 피로가 묻어 있었다. 밤낮 프로젝트 준비로 바쁜 데다, 얼마 전엔 추돌사고까지 겪어 몸도 마음도 이미 만신창이일 터였다.

"곧 집에 갈 거니까, 루이는 내가 데리고 병원에 갈게."

한 달 만에 본 루이는 단번에 알아볼 만큼 달라져 있었다. 군데군데 털이 빠져 있었고, 가려운 듯 연신 몸을 긁어댔다. 어찌나 가여운지 루이를 안고 동물 병원으로 달려갔다. 의사는 루이를 이리저리 살펴보더니 곧바로 병명을 내놓았다.

"심인성 피부염으로 보입니다. 혹시 최근에 스트레스를 크게 받았거나, 충격적인 일이 있었을까요?"

"음…… 제가 한 달간 집을 비우긴 했어요. 그동안은 남편이 돌봤지만, 최근엔 워낙 바빠서 같이 있는 시간이 거의 없었어요."

심리적 불안으로 과도한 그루밍을 하게 되었고, 그로 인해 루이에게 심인성 탈모가 생겼다는 의사의 진단이었다. 신경안정제와 피부약을 처방받아 집으로 돌아오는 길, 마음을 싸르르 움켜쥐었다.

'얼마나 아팠던 거야? 몸이 아플 정도로 그렇게나 힘들었어? 그리움이 곪아 터져 흘러나온 거야? 루이야.'

아픈 루이를 보고 있자니 가슴이 무너져 내렸다. 모든 게 그대로라고 생각했는데. 공간도 먹는 것도 노는 것도 곁에 있는 동료도.

모든 건 그대로였지만 루이의 마음은 그대로가 아닐 수 있었는데. 정작 내가 놓친 마음이 가장 중요한 거였는데.

마음이 아파 몸이 망가진 건지 몸이 아파 마음이 무너진 건지 분간할 수 없는 시간을 지나 루이는 다시 회복되었다. 예전의 나처럼.

누구에게나 그런 시간이 있다. 세상은 변함없이 흘러가지만 나만 멈춰 버린 듯한, 모든 건 그대로지만 나만 달라져 버린 듯한 시간. 칠흑 같은 순간은 영원할 것 같았지만 끝끝내 지나갔다. 시간은 모든 것을 돌려놓았다. 바닥을 만났던 시간은, 다시 시간을 만나 나를 천천히 만지고 다듬고 제자리로 데려다 놓았다.

잘 견뎠어.
정말 잘 해냈어.
시간을 지나온 너는
누군가를 사랑할 자격도
사랑받을 자격도 충분해.

누구에게도
너는.
나는.

　　　　　엉덩이를 실룩이며 보호자와
합을 맞춰 옮겨지는 다리. 앞서가는 강아지의 모습에 웃음
이 새어 나왔다. 앙증맞은 뒤태를 보며 나는 걸음을 늦춰
집 앞 저수지 둘레길을 따라 걸었다.

　"어머나, 안녕하세요? 강아지가 귀여워서 한눈 팔았네
요. 선생님인 줄도 몰랐어요."

　둘째 아이 공부방 선생님이었다. 선생님이 강아지를 키
운다는 건 딸에게 이미 들은 이야기였다. 거실에서 수업할
때 강아지가 방 안에서 낑낑거리면 선생님이 한 번씩 들여
다보곤 한다며, 강아지가 참 귀여웠다는 말을 딸아이가 전

해 주었다.

"밖에만 나오면 신이 나서 여기저기 뛰어다녀요. 하하."

매서운 추위가 밤새 내린 눈을 만나 세상을 더욱 단단한 하얀빛으로 얼려 버렸지만, 강아지의 기분만큼은 얼릴 수 없었던 모양이다. 보호자의 다정한 눈길을 받으며 앙증맞은 다리는 세차게 움직였다.

'우리 베리도 눈 오는 날 좋아하는데.'

눈이 오면 창문에 바짝 붙어 창밖의 눈 결정체를 잡으려는 몸짓을 여러 번 해 보던 모습. 하지만 쉽지 않은지 이내 멀뚱히 바라만 보던 모습도 함께 떠올랐다.

'베리랑 산책을 한다면 어떤 일이 일어날까?'

간혹 산책을 즐긴다는 고양이도 있다고 들었지만, 고양이는 본디 영역 동물이다. 자신의 구역을 벗어나면 불안감이 극대화될 수밖에 없다. 베리를 키우며 병원에 가야 했던 날이 몇 번 있었다. 밖으로 나가려고 현관문 앞에 서는 순간, 베리의 긴장감은 이미 동공을 통해 전해졌다. 크게 확장된 고양이의 눈동자를 보는 나도 좀처럼 발걸음을 떼지 못했다.

‘둘레길에 나온 베리는 얼음처럼 꽁꽁 얼어 버리겠지. 겁에 질린 베리는 수풀에서 새어 나오는 소리에 놀라 돌 틈 사이로 숨어들 거야. 그러고는 몸을 웅송그리고 있겠지. 찾아도 찾아도 보이지 않는 베리. 나는 베리를 목 놓아 부르짖고 말 거야. 다 큰 어른이 창피한 줄도 모르고 길바닥에서 엉엉 울어 버릴 거야. 서로를 그리워만 하다가 우리는 끝내 볼 수 없게 되는 거야. 괴로워만 하다 영영 헤어지고 말겠지.’

끔찍하다. 정말 아찔하다. 귀여운 강아지의 뒤태를 따라가며 나는 이토록 참혹한 결말을 상상하고는 서둘러 집으로 돌아갔다. 엄마의 발소리가 유달리 거세게 들렸던지 두 고양이가 마중 나와 나를 빤히 쳐다보았다.

루이는 내 얼굴을 한참 바라보더니 천천히 다가왔다. ‘무슨 일이냐옹. 호들갑 떨지 마라옹.’ 베리는 조용히 내 다리에 몸을 비비더니, 꼬리를 스윽 감았다가 떨어뜨렸다. ‘신경 쓰지 마라옹.’ 나는 그제야 긴 숨을 내쉬었다.

“베리야, 루이야. 산책 안 해도 돼. 아니, 절대 하지 마.”

두 고양이는 내 말에 관심 없다는 듯, 가볍게 기지개를 켜고 다시 각자의 자리로 돌아갔다. 아까의 동요는 없던 일이라는 듯이.

한 번씩 엉뚱한 생각에 매몰되어 헤어 나오기 어려울 때가 있다. 생각은 꼬리에 꼬리를 물고 일어나지도 않은 미래를 미뤄 짐작하고 있을 때, 생각을 끊어야 할 순간일 때, 고양이들이 다가온다. 느긋하게 사는 게 가장 어려운 사람에게, 세상에서 가장 여유 있는 걸음으로.

'복잡한 거 우리랑은 안 맞는다웅. 나처럼 살아 보라웅.'

커피 한 잔을 내리며 솜털보다 보드라운 루이의 등을 어루만진다.

그래, 노력해 볼게.
느긋하게 사는 것도 연습이 필요하거든.

방송인 임성훈 씨가 최근 한 프로그램에 출연해 반세기의 방송 여정을 담담히 털어놓았다. 특히 26년 동안 지켜 온 인기 프로그램의 마지막 방송을 회상하는 대목에서는 그가 느낀 심경이 고스란히 전해져 내 마음도 먹먹해졌다.

"마지막으로 인사드리겠다는 말을 전하는데, '마지막'이라는 단어에서 마음이 딱 걸렸어요."

그는 다시 한번 울컥하더니 이야기를 이었다.

"그다음 녹화 날이 다가오는 게 제일 두려웠어요. 결국 그 시간이 되자 무작정 차를 몰고 밖으로 나갔습니다. 뭘 해야 할지 모르겠더라고요."

오랜 시간, 한 프로그램을 성실히 지켜 온 사람이 어느 날 갑자기 마이크를 내려놓아야 한다면 그 상실감은 얼마나 클까. 몸에 밴 습관처럼 매주 반복되던 일과 익숙한 공간을 떠나는 순간 찾아드는 공허와 쓸쓸함은 이루 말할 수 없었을 것이다. 아무리 수없이 준비해 온 마지막이었을지라도.

직장인에게 휴가는 꿀송이처럼 달다. 학생에게 방학은 재충전을 위한 쉼이다. 그런데 이런 시간이 길어진다면 어떨까. 마냥 좋기만 할까. 나는 오랜 시간 일해 왔던 직장을 그만뒀을 때, 처음에는 자유를 되찾은 느낌이었다. 하지만 해방감은 잠시였다. 하루이틀 시간이 지나자 넘치는 여유가 오히려 불안해지기 시작했다. 당장 해야 할 일도 재촉하는 이도 없는데 오히려 마음에 조급함이 들어온 것이다. 당혹스러웠지만 주어진 시간을 즐길 수가 없었다. 온전히 나만을 위한 시간을 가져 본 적이 없었던 탓일 것이다.

그러다가 수영을 배우며 삶에 활력이 생겨났다. 오롯이 나를 위한 운동, 내게만 집중하는 시간 동안 일상에 즐거움이 더해졌다. 집에 돌아와서는 책을 읽고 글을 쓰면서 주어진 시간에 조금씩 감사할 수 있었다. 직장을 그만두고 방황하던 시간은 나만의 루틴이 생기며 안정감을 찾아갔다.

가족여행을 가게 되어 루이와 베리를 고양이 호텔에 맡겼다. 집만큼 편할 리는 없겠지만, 누군가의 손길이 필요하다는 생각에서였다. 보호자가 안심할 수 있도록 호텔 측은 핸드폰으로 고양이들의 생활공간을 볼 수 있는 CCTV 앱을 제공했다. 나는 앱을 켜 놓고 한참이나 화면을 들여다봤다. 하지만 아무리 기다려도 고양이들의 모습은 보이지 않았다.

얼마나 시간이 흘렀을까. 고양이 침대 밑 어둠 속에서 루이가 슬며시 고개를 내밀었다. 잠시 뒤, 케이지 안에 웅크려 있던 베리도 조심스레 발을 내디뎠다. 낯선 공간에 당황하던 두 고양이는 조금씩 주변을 살피며 새로운 영역을 받아들이기 시작한 것이다. 고양이들의 움직임이 보이자 그제야 마음을 놓을 수 있었다.

고양이는 변화를 쉽게 허락하지 않는 동물이다. 하지만 한 번 자신만의 리듬을 찾으면, 낯선 곳도 또 하나의 세계로 살아 낸다. 한 번 발을 내딛는 게 힘들었을 뿐이지, 그 후로 CCTV를 볼 때마다 캣타워에서 창밖을 바라보는 베리와 침대에서 편안히 자는 루이를 확인할 수 있었다.

몸에 밴 습관과 익숙한 공간이 사라지면 누구나 불안을 겪는다. 그러나 자신만의 루틴을 다시 찾아내는 순간, 삶은 조금씩 생기를 되찾는다. 하찮아 보이는 작은 루틴일지라도 우리는 반복 속에서 안정을 얻고, 건강하게 살아갈 힘을 얻는다.

어쩌면 일상을 지탱하는 힘은 거창한 성취가 아닐지도 모른다. 오늘 하루도 무사히 견뎌 냈다고, 잘 살아 냈다고 말할 수 있게 해 주는 작은 습관들. 사소한 반복이 모여 우리의 삶을 조금 더 다정하게 만드는 것은 아닐까.

화가 나면
베란다로   간다

부슬부슬 비가 내리기 시작한 아침, 둘레길 걷는 건 접어 둘까 하다가 이내 마음을 바꿨다. 매일 걷기를 하며 허리 디스크로 인한 통증이 눈에 띄게 줄었기 때문이다. 장대비가 아닌 이상 우산을 쓰고 걷기로 마음을 먹은 것이다. 제법 서늘해진 공기에 옷깃을 한 번 더 여미고 우산 안으로 몸을 밀어 넣었다. 빗줄기가 거세져 얼굴에 물방울이 튀었다. 자그마한 물웅덩이를 요리조리 피해 조금 걷다 보니 어느덧 둘레길 초입에 다다랐다. 짙게 밴 나무의 냄새가 수증기에 섞여 둘레길을 가득 메웠다.

비 오는 날의 둘레길은 꿈결 같다. 사부작사부작 낙엽이

발에 닿는 소리, 툭 투두둑 나뭇잎에 닿아 미끄러지는 빗소리, 찌르르륵 물기를 머금은 풀벌레 소리. 아무도 없는 비 오는 날 둘레길에는 나와 자연이 만든 소리만이 오롯이 퍼져 나갔다. 모든 공간이 내 것이 되는 시간. 모든 소리가 내 것이 되는 자유.

코로나-19 전염병이 한풀 꺾인 그해 여름, 남편 없이 아이 둘을 데리고 치앙마이로 향했다. 낯선 곳에서 잠시 살아보기로 마음먹기까지는 적잖은 망설임이 있었다. 그 이유 중 하나는 내 공간이 사라지지 않을까 하는 염려 때문이었다. 작은 호텔방에서 아이들과 부대끼며 한 달을 살아가야 하는데 내 공간은커녕 두 아이가 싸우지나 않음 다행이다 싶었다. 역시나 두 살 터울의 아이들은 놀기도 잘했지만 싸우기도 잘했다. 그럴 때마다 호텔방에 딸린 작은 베란다는 내 힘든 몸과 마음을 잠시 정화해 주는 휴게소 역할을 톡톡히 했다. 잠시나마 베란다에 나가 바깥 풍경을 보며 숨을 크게 한 번 들이마시면 불쑥 튀어나올 것 같던 감정이 내려앉는 걸 느끼곤 했다. 작은 베란다가 없었다면 나는 괴물이 됐을지도 모른다.

고양이만큼 자신의 공간을 소중히 여기는 동물이 또 있

을까. 고양이는 작은 영역 하나를 지키기 위해 목숨까지 걸곤 한다. 그들에게 공간은 생존이고 존재 자체다. 고양이만큼은 아닐지라도 나 역시 공간을 꽤나 소중히 여긴다. 잠시 숨을 고르고, 나로 존재할 수 있게 해 주는 고요한 여백. 누구의 간섭도 닿지 않는 나만의 작은 안식처. 오롯이 나로서 다시 피어나는 곳.

어릴 적 나는 동생과 한방에서 공부하고 잠을 자고 사소한 다툼을 벌이기도 했다. 책상 위에 나열된 물건 하나에도 서로의 취향이 겹치고, 공간을 차지하는 사소한 습관에 금세 얼굴이 붉어지기도 했다. 내 방이 생긴 건 고등학교에 올라가서였다. 세 평 남짓한 작은 방이었지만, 감격은 이루 말할 수 없었다. 누군가의 이해를 구하지 않고 불을 끌 수 있다는 것. 누군가의 참견 없이 울고 싶을 때 눈물을 흘릴 수 있다는 것. 문 하나를 사이에 두고 세상이 달라질 수 있다는 것을 그때 처음 알았다. 누군가에게는 별것 아닐지 모를 작은 공간이, 나에게는 삶의 무게를 덜어 주는 첫 번째 피난처였다.

살아가다 보면 마음이 지쳐 웅크리고 싶을 때가 있다. 그럴 땐 그저 혼자 있는 시간이, 누군가의 시선으로부터 멀어지는 순간이, 나를 지키는 첫걸음일지도 모른다. 사람들 틈을 요리조리 피해 가장 마음이 놓이는 자리에 고양이가 있듯이 말이다.

빗방울이 서서히 멈추자 하나둘 사람들이 둘레길을 찾았다. 한동안 나만의 공간이었던 길을 다른 이들에게 내어 주는 게 못내 아쉽지만, 둘레길은 그들에게도 필요한 공간이리라. 어떤 이는 재활의 의지를 다지며 사투를 벌이는 공간으로. 어떤 이는 반려동물과 산책하는 공간으로. 어떤 이는 일상의 지친 숨을 토해 내는 공간으로. 이유야 어찌 됐든 각자에게 의미가 담긴 공간이 있다는 건 참 다행스러운 일이란 생각이 들었다.

불쑥 튀어나온 감정을 쉬이 가라앉혀 주던 치앙마이 호텔방의 작은 베란다. 우리 모두에겐 각자의 베란다가 필요하다. 삶에 온기를 더해 주는 장소가. 나를 다시 살아가게 해 주는 공간이.

당신은 베란다를 가지고 있나요?
당신만의 베란다는 어디인가요?

'오늘따라 더 신경 쓰이네.' 언제부터 자리를 잡은 건지. 매일 아침 거울을 보면 선명한 팔자주름부터 눈에 들어왔다. 40대 중반이면 주름 하나쯤 생기는 건 자연스러운 일인데도, 은근히 신경이 쓰였다. 한동안 운동에 빠져 단숨에 10kg 넘게 몸무게를 감량한 적이 있었는데, 얼굴 살도 함께 빠진 건지. 살을 뺀 게 신의 한 수가 아니라, 주름을 부르는 한 수였던 건지.

주름만이 아니었다. 나이가 들수록 몸 여기저기서 신호가 오기 시작했다. 한 군데 쑤시던 곳은 이젠 둘, 셋으로 늘어났고, 친구를 만나면 어쩔 땐 건강 이야기가 대화의 절반을 차지하기도 했다. 결국 너도나도 세월 앞에서는 속수무책이라는 걸 인정하게 되는 요즘이다. 나이 드는 것도 서러운데 아프기까지 하다니. 이건 좀 억울하지 않나.

"고양이 배는 만지지 말자. 그러다가 한 대 맞을 거야."

남편이 퇴근해 집으로 돌아오면, 솔메이트인 베리가 달려간다. 남편은 반가움에 베리를 번쩍 안아 올리고, 둘 사이엔 매일같이 눈물겨운 상봉이 펼쳐진다. 남편은 슬그머니 베리의 배까지 만지작거리는데, 고양이의 민감한 부위를 그렇게 무방비로 만져도 되는 건지. 저러다 언젠가 베리에게 혼쭐이 날 것만 같다.

"가만히 있잖아. 베리는 안 할퀸다니까. 봐 봐. 오히려 더 해 달라잖아."

도대체 무슨 상황인지. 남편은 더 격렬하게 베리와 놀아 주고, 베리는 오히려 즐기고 있으니. 어릴 적 베리는 물어뜯기를 특기로 삼던 고양이였다. 사람 발목만 보면 덥석 물고는 도망치기를 반복했을 정도였다. 딸아이는 작은 사냥꾼으로 인해 한동안 소파에서 바닥으로 발을 내딛지 못했다. 그랬던 베리가 요즘엔 남편 품에 안겨 뒤집히고, 배까지 만져도 꼼짝도 하지 않았다. 도망은커녕 눈만 끔벅였다.

베리에게 무슨 일이 일어난 걸까. 예전엔 추르 봉지만 들
춰도 어느새 내 코앞까지 와 있었는데, 요즘엔 반응이 시큰
둥했다. 그렇다고 딱히 아픈 데가 있는 것 같진 않은데 말
이다. 천방지축이던 베리도 서서히 나이가 들어 가고 있는
걸까. 나만 세월을 느끼는 줄 알았는데. 시간은 운동 신경
도 감각 신경도 더디게 만든 걸까?

팔자주름이 신경 쓰여 주름 개선 기능성 화장품을 하나
샀다. 아침저녁으로 공들여 바른 지 한 달, 거울 속 내 얼굴
은 별반 달라지지 않았다. 요즘 유행이라는 고주파 리프팅
기계도 들여놨다. 매일 정성껏 썼지만, 눈에 띄는 변화는
없었다. 생각은 어느새 보톡스 시술로까지 이어졌지만, 결
국 멈춰 섰다.

어차피 다시 돌아올 주름, 나이가 들며 자연스레 생기는
것 아니었던가. 잠깐 펴지면 뭐 하나. 시간이 지나면 또다
시 파이고 말 텐데. 오히려 더 깊게 파인 주름을 마주하면,
현실을 부정하며 성형외과 문을 두드릴지도 모를 텐데.

나이가 든다는 건 외형도 운동신경도 감각신경도 어딘
가 볼품없어지는 일일지도 모른다. 늙어 간다는 건 그리 유
쾌한 일이 아니다. 하지만 세월의 힘을 무시할 수는 없다.

어른의 지혜는 책에서 얻은 지식과는 다르기 때문이다. 지나온 시간을 품은 말에는 체온이 담겨 있다. 어쩐지 가슴을 찡하게 만든다. 그들이 살아 낸 세월의 풍파가 말과 눈빛, 침묵 속에 깃들어 있기 때문이리라.

세월은 모난 것들을 고르게 한다. 뾰족했던 말도 날 세웠던 오해도 시간은 둥글게 만들어 품게 한다. 그래서 어른의 지혜는 윤기가 돈다. 시간은 베리도 바꾸어 놓았다. 한때는 경계심 가득한 철부지였는데, 지금은 누군가의 품 안에서 스르르 눈을 감을 줄 아는 고양이가 되었다. 자신의 안식처가 이곳에, 자신을 아껴 주는 사람이 여기에 있다는 걸 오랜 시간을 통해 배운 것이리라.

나이가 든다는 건 조금 더 세상을 부드럽게 바라보는 것일지도 모르겠다. 베리처럼 말이다.

예민함이라는
선물

　　　　　　　무던한 성품은 타고나는 걸까,
세월에 의해 다듬어지는 걸까. 사소한 걱정 하나가 며칠째
마음 언저리를 맴돌다가 어느새 생각의 전부가 되어 버렸
다. 근심의 크기가 커진들 해결될 리 없고, 고민한다고 삶
의 무게가 줄어들 리 없는데. 잠이라도 푹 자야 할 텐데, 그
마저도 쉽지 않았다. 생각은 꼬리를 물고 이어졌고, 일상은
일상대로 흘러가니 그야말로 지옥이 따로 없었다. 예민한
기질을 가진 나는, 무던한 사람을 보면 한없이 부러웠다. 인
생의 목표가 '느긋하게 사는 것'이 되어 버릴 만큼. 분명 타
고난 성정이겠지. 그렇게 믿으며 스스로를 달래 보지만, 세

월이 지나도 내 안의 예민한 감각은 쉽게 무뎌지지 않았다.

그런 내가 아이를 낳았다. 아들은 나를 닮지 않은 참으로 순한 아이였다. 배만 부르면 칭얼대는 일도 없었고, 백일이 지나고부터는 한 번 잠이 들면 여덟 시간 넘게 푹 자곤했다. 효자도 이런 효자가 없다는 말이 절로 나왔다. 덕분에 내 삶에도 조금씩 활기가 돌기 시작했다. 이런 아이라면 둘도 셋도 자신 있게 키울 수 있겠다는 생각이 자연스레 들었다. 그렇게 아무런 망설임도 없이 둘째를 품었다.

그러나 세상일이 뜻대로 흘러갈 리가 없었다. 둘째는 나를 닮아 예민했다. 입이 짧아 이유식을 한 번에 먹은 적이 없었고, 간신히 먹는다 해도 같은 메뉴는 두 번 입에 대지 않았다. 아이는 밤마다 토막잠을 자며 자꾸 깼고, 나는 좀비처럼 하루하루를 버텼다. 같은 뱃속에서 나왔는데, 어쩜 이토록 다를 수 있는지. 성격도 유전이라는데, 나를 닮아 예민한 것만 같아 마음이 쓰였다. 매일이 메마른 땅에 아슬하게 붙어 있는 한 줄기 잎사귀 같았다.

각기 다른 두 아이를 키우다 보니 어느새 마음은 고양이에게로 향했다. 고양이처럼 상반된 기질을 한 몸에 지닌 동물도 드물기 때문이다. 느긋하면서도 예민한 고양이들. 자기 영역에서 조금만 벗어나도 극도로 불안해하고, 새로운 것보다 익숙한 것에 마음을 두는 존재들. 그도 그럴 것이 야생에서 살아남으려면 모든 감각과 본능이 늘 깨어 있어야 하니까. 스스로를 지켜야만 살아갈 수 있으니까. 고양이의 예민함은 단순한 기질이 아니라, 생사를 가르는 본능에 가까운 건지도 모르겠다.

지난밤에 늦게 자더니 잠이 부족한 탓인지 아침부터 입이 툭 튀어나온 딸아이. 칭얼대며 등교하던 아이에게서 문자 메시지가 왔다.

"엄마. 화내서 미안해. 그리고 사랑해."

나를 닮아 사소한 것에 쉽게 마음을 쓰는 아이의 모습을 보면 걱정스러울 때가 있다. 그러다 문득 예민함이란 상대의 감정 너머까지도 읽어 내는 힘일지도 모른다는 생각이 들었다. 아이의 문자를 읽으며 나도 모르게 피식 웃음이 났다.

예민함이 어찌 나쁘기만 할까. 작은 변화에도 민감하게 반응하기에 때론 피곤하고 불편할지 몰라도 그만큼 상대방의 마음에 더 깊이 귀 기울일 수 있지 않은지.

말 한마디, 표정 하나에도 숨은 마음을 알아채는 예민함은 누군가를 먼저 배려하고 다가설 수 있는 섬세한 힘이 되기도 한다. 예민함이 공감 능력으로 이어지는 것이다.

고양이의 예민함이 그들을 살아가게 하는 본능이었다면, 나에게 있어 예민함은 누군가의 아픔에 가닿는 마음의 통로였다.

그러고 보니 예민하다는 건 꼭 단점으로만 여겨질 일이 아닌지도 모른다. 예민함은 나를 조금 더 사람답게 만들어 주는, 어쩌면 하나의 선물일지도 모르니까.

퇴근하고 집에 돌아오니 몸이 돌덩이처럼 무거웠다. 그래도 할 일은 해야 했다. 청소기를 돌리고 물걸레질을 했다. 내일은 지인을 집으로 초대한 날이라 조금 더 공을 들였다. 그런 다음 감자를 삶아 으깨고 미리 썰어 놓은 당근, 오이, 양파와 삶은 계란을 섞어 감자샐러드를 만들었다. 아이들의 내일치 간식거리가 냉장고 속에 들어서자, 그제야 마음이 놓였다.

다음 날 오후, 집에 들어서는 지인이 뜻밖의 이야기를 꺼냈다.

"집이 왜 이렇게 깨끗해? 애 키우는 집 맞아? 이렇게 살면 탈 날 텐데."

손님을 초대했으니 집 안을 깨끗이 정돈하는 건 당연한 일 아닌가? 오히려 예의 아니야? 생각지도 못한 말에 조금 당혹스러웠다.

"조금 덜 치우고 살아 봐. 일도 하고 육아도 해야 하잖아. 간식도 만들어 먹이지? 왜 이렇게 피곤하게 살아?"

지인은 윗집에 사는 분으로 자녀들은 이미 다 커서 출가한 상태였다. 내가 신혼집을 떠나 이사한 뒤, 처음으로 마음을 열게 된 이웃이기도 했다. 우리 아이들을 참 예뻐해 주었고, 텃밭에서 손수 기른 채소와 과일도 틈틈이 챙겨 주던 정 많은 분이었다. 가끔은 선물처럼 현관문 앞에 아이들 장난감을 놓고 가기도 했다. 이런 다정한 분이 한 이야기라면 분명 나를 위한 마음에서 건넨 말이었을 텐데. 나는 지인의 말뜻을 제대로 다 헤아리지 못한 채, 그저 멋쩍게 웃어 넘겼다. 지인의 말에 얼마나 큰 의미가 숨어 있었는지는 정작 탈이 난 뒤에야 비로소 알게 되었다.

고양이처럼 모자라지도 넘치지도 않는 삶을 사는 동물도 드물다. 스스로 먹는 양을 조절할 줄 알아 자율 배식이 가능한 몇 안 되는 존재. 배가 부르면 더 이상 먹지 않고 언제나 적당한 선에서 멈춘다. 신나게 놀다가도 어느 순간 툭 멈춰 창가에 앉는다. 무심히 바깥을 바라보다가 스르르 잠에 빠지기도 한다. 감정에 휘둘리지 않고, 욕심에 흔들리지 않는다. 심지어 몸이 아플 때조차 조용히 자취를 감춘다. 어딘가 어두운 곳에 몸을 말고 누워 외부의 방해 없이 스스로를 회복시킨 다음에서야 모습을 드러낸다. 고양이는 무너지기 전에 자신을 지키는 법을 안다.

나에게 필요했던 것도 바로 고양이와 같은 모습이었다. 적당한 선을 몰라, 늘 차고 넘치게 살아왔던 날들. 무리하게 견디고 더 애써야만 삶이 굴러갈 거라 믿었다. 그러다 결국 한계에 부딪혔다. 먼저 무너진 건 마음이었다. 마음의 병은 곧장 몸으로 번졌고, 몸도 마음도 아팠던 날들이 이어졌다. 조금만 더 힘내면 조금만 더 참고 견디면 내가, 가족이, 이 삶이 온전해질 거라 생각했다. 진짜 필요한 건 '조금 더 애씀'이 아니라 '조금 덜 채움'이었는데. 힘들면 힘든 게 드러날까 봐 오히려 더 힘을 냈으니. 그렇게도 나는 자신을 돌볼 줄 몰랐던 사람이었다.

'이렇게 살면 탈 날 텐데.'

오래전, 고마운 이웃이 전해 준 말은 지금껏 내 삶의 작은 나침반이 되어 주었다.

이제는 몸이 힘들다고 신호를 보내오면 하던
일을 멈춘다. 마음이 지쳤다고 속삭이면 자연
속으로 걸어 들어간다. 조금 덜 채우며, 적당
히 살아가는 게 나를 잃지 않는 모습이란 걸
알게 된 이유였다.

파리 한 마리가 집 안으로 들어왔는데,
나는 그놈을 피해 살금살금 도망 다녔다.

이 집 아들은 고양이가
파리 하나 못 잡냐며 놀려 댔다.
고양이라면 다 잘 잡아야 하는 걸까.

희서 엄마가 오랜 시간 집을 비운 적이 있다.
엄마가 그리울 때마다 그루밍을 하면
마음이 조금은 진정됐다.
그래서 같은 자리를 핥고 또 핥았다.

이상하게도 예전처럼 그루밍을 하지 않게 됐다.
그렇게 내 몸의 상처는 말끔히 나았다.
지금도 나는 엄마 옆에 꼭 붙어 있다.

MERRY CHRISTMAS

함께 산다는 건
자주 다정해진다는 것

고양이 싫다던 남편이
고양이랑 같이 자요

남편은 고양이를 좋아하지 않았다. 고양이를 키우고 싶다고 며칠이고 조곤조곤 이야기해봐도 꿈쩍도 하지 않았다. 그랬던 사람이 끝내 뜻을 접은 건, 돌처럼 단단한 내 고집을 더는 피해 갈 수 없어서였을 것이다. 냉철한 사람이지만, 나에게는 한없이 약한 사람이니까.

남편은 시골 출신이었다. 마당에 묶인 개, 밥때가 되면 어슬렁대던 고양이들, 그것이 그의 동물에 대한 경험의 전부였다. 주인 없이 드나들던 고양이들은 그저 배고플 때만 잠시 머물다 떠나는 존재들이었다. 남편은 고양이들을 굳이 찾아 나서지 않았고, 정을 붙이지도 않았다. 사람들이 왜 짐승에게 그렇게까지 마음을 쓰고, 돈을 쓰는지 모르겠다고 말하곤 했다. 나는 남편의 말이 서운했지만, 남편이 지금껏 살아온 삶의 방식을 더듬어 보면 조금은 이해가 되기도 했다. 어린 시절부터 남편은 감정보다는 생존을 우선으로 배워 왔다. 일은 죽어라 하면서도 돈 안 되는 농사는 안 한다며 도시로 나왔다. 이를 악물고 남들보다 두 배로 일하며 지금의 자리를 만들었다. 그의 냉정함은 누군가에게 다정함을 허락할 여유조차 없는 치열함의 방어막이었는지도 모른다.

그런 그가 달라지기 시작했다.

아이들을 데리고 친정에 며칠 머문 적이 있었다. 베리가 집에 온 지 얼마 되지 않았던 때라, 남편과 단둘이 집에 남겨진 게 내내 마음에 걸렸다. 하지만 고양이를 데리고 다닐 수는 없는 노릇이었다. 걱정되는 마음에 남편에게 전화를 걸었다.

"베리는 잘 있어? 사료는 잘 먹어?"

남편은 음성통화를 하다가 갑자기 영상통화로 바꾸더니 자기 무릎 위에 앉아 있는 베리를 화면 한가득 보여 주었다. 평소 남편답지 않은 모습에 '픽' 하고 웃음이 새어 나왔다.

"사료를 먹긴 하는데 몇 번 토했어. 어디 아픈 거 아닌 가? 놀긴 잘 놀거든."

사뭇 진지해진 남편의 이야기를 듣고 있자니 크게 걱정할 건 없겠다 싶었다. 내 걱정은 남편이 베리를 잘 돌볼 수 있는지 없는지에 있었으므로. 그 후에도 남편으로부터 몇 번의 전화와 영상통화가 걸려 왔다. 베리가 더 이상 토하지 않고 잘 먹고 잘 잔다며.

강인했던 남편의 체력은 마흔을 넘기며 서서히 물러졌다. 사람과의 관계에서도 소극적이었던 남편은 어느새 발 벗고 나서서 마음 맞는 동료들과 산행팀을 꾸리기까지 했다.

'사람이 이렇게 변하나? 이 남자 갱년기 아냐?'

어느 날은 자기만의 동굴에서 심드렁히 쇼츠를 보다가 이내 드르렁거리는 모습이 마치 동면에 빠진 곰 같아 보였다. 어느 날은 시시콜콜 이야기하고야 마는, 오지랖 넓은 옆집 언니 같아 보였으니 남편 몸에도 호르몬 변화가 시작되었구나 싶어 애잔하기까지 했다.

중년 남성은 사회에서 살아남기 위해 강인한 사람이 되어야 했다. 흔들리지 않아야 했고, 감정을 숨기며 일해야 했다. 자기를 돌볼 거를 없이 맡은 역할을 우선시하며 살아야 했다. 그렇게 30대, 40대를 버텨 낸 이들은 종종 인생의 어느 지점에서 갑작스럽게 멈추곤 한다. 자신이 누군가의 남편, 가장의 역할 외에 어떤 사람인지 모르겠다는 허무감과 함께.

그렇게 남편도 변했다.

"침대에 고양이 못 올라오게 해. 이불에 털 묻는 거 질색이야."

태생적으로 눈치를 장착하지 못한 베리는 침대에 자주 오르락내리락했다. 여러 번 내쫓았지만 소용없었다. 보란 듯이 남편보다 침대에 먼저 올라와 잠들기도 했다. 눈치 없는 녀석이 끈기는 있었다.

갱년기에 접어들며 마음의 허들이 낮아진 남편은 더 이상 이 미물에게 모질게는 못 하겠는지 동침을 허하였다. 우리는 베리와 함께 잠들었고, 녀석이 침대에 있지 않으면 찾아 나서는 기이 현상까지 발생했다.

"베리야, 아빠 왔다. 이리 와, 이녀석."

남편은 베리를 안고 있으면 우리 애들 어릴 때 생각이 난다고 했다.

퇴근 후 집에 돌아온 남편은 베리와 눈을 마주치는 일부터 잊지 않았다. 할아버지가 손주를 바라보는 듯 다정하고 너그러웠다. 베리는 남편을 졸졸 따라다녔고, 고양이 돌보는 일 가운데서도 난이도 최상이라는 발톱 깎기 역시 자연스레 남편의 몫이 되었다.

개에 관심 없던 지인이 느닷없이 개 한 마리를 입양했다며 귀여운 시추 사진을 톡으로 보내왔다. 남편 갱년기에 도움이 될까 해서 키우게 되었다는 말과 함께. 우리 남편만 변화의 시기를 겪는 게 아니구나 싶어 마음이 자못 쌉싸름해졌다.

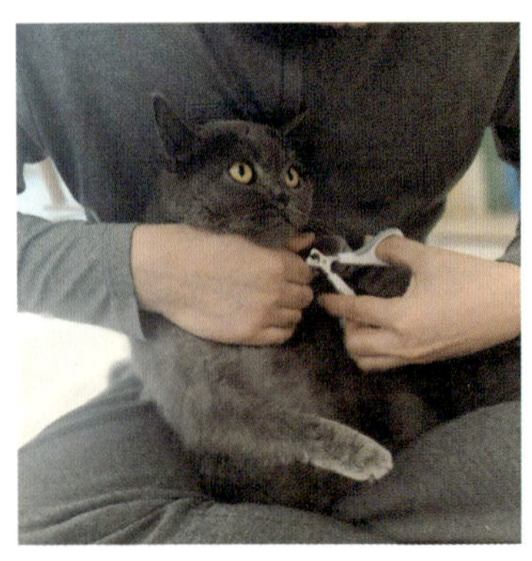

젊은 날의 혈기가 사그라든 자리에
은은한 온기로 채워져 가는
남편의 인생 제2막을 응원한다.
그리고 기대한다.
베리가 솔메이트가 되어 줄 것이다.
여전히 나도 함께일 것이다.

　　　　　　냄비에 김치와 들기름을 넣고 달달 볶는다. 물을 붓고 한소끔 끓어오르면, 간을 하고 깍둑썰어 놓은 두부를 집어넣는다. 국그릇에 계란 4개를 깨서 준비해 둔 물과 흰자, 노른자가 잘 섞이게 저어 준다. 마지막으로 간을 하고 송송 썰어 놓은 파를 넣고 끓인다.

　특별한 레시피도, 값비싼 음식도 아닌 김치찌개와 계란찜은 나의 최애 음식이다. 그런 소박한 한 숟가락을 입에 떠넣는 순간, 어린 시절의 풍경이 되살아난다.

　"엄마, 김치찌개에 두부 꼭 넣어 줘. 계란찜에는 파 송송 잊지 마."

어린 시절의 나는 엄마에게 몇 번이나 당부하며 들뜬 마음으로 저녁 밥상을 기다렸다. 엄마가 끓인 김치찌개는 살짝 맵지만 감칠맛이 풍부해 입안을 톡톡 자극했다. 얼얼해진 입천장은 부드러운 두부로 식혀 가며 숟가락을 쉴 새 없이 입으로 퍼 날랐다. 그러다가 입술까지 매콤함이 퍼지면 파 송송 계란찜을 크게 한술 떠서 야무지게 밥에 비벼 먹었다. 역시 파를 넣어야 계란찜의 풍미가 커지는 법이라고 생각하면서.

그 맛을 잊지 못해 엄마가 해 줬던, 특별할 것 없는 레시피를 더듬어 가며 김치찌개와 계란찜을 만들어 본다. 보글보글 찌개가 끓어오르면 김치와 두부를 듬뿍 얹어 먹기 좋게 그릇에 담는다. 계란찜이 부풀어 오르면 파는 소복이 숨죽여 앉아 있다가 아이들의 수저에 의해 조용히 걷어진다. 그럴 때면 나는 어린 시절의 엄마를 떠올린다.

"희서야, 밥 먹어."

엄마는 내가 제일 좋아하는 김치찌개와 계란찜을 차려 주고는 도로 방에 가서 누웠다. 어디가 아픈 건지, 왜 그렇게 힘이 없는지 신경이 쓰였지만, 나는 조용히 식탁에 앉았다. 그런데 김치찌개는 예전 그 맛이 아니었다. 마치 김치

본연의 맛을 느껴 보라는 듯 덩그러니 국물만 남아 있던 김치찌개. 계란찜에도 파 송송이 빠져 있었다. 울적하게 밥을 먹으며 나는 돌처럼 굳어 버린 엄마의 모습을 바라보았다.

'엄마에게 무슨 일이 일어난 걸까?'

무슨 일인지 정확히 알 수는 없었지만, 엄마의 몸이 아프거나 마음이 지쳐 있는 날이면 나는 최애 음식의 맛을 느낄 수 없었다. 그때 알았다. 때로는 별것 아닌 것이 마음을 다치게 할 수도 있다는 것을. 아이들이 원치 않는 파 송송 계란찜과 누구도 바란 적 없는 두부 듬뿍 김치찌개를 여전히 고집하는 건 어린 시절의 '희서'를 보듬어 주기 위한 일일지도 모른다고. 살아가게 하는 건 대단한 게 아니니까. 아무 일 없는 날의, 아무렇지 않은 것들이니까.

느닷없이 쏟아지는 여름비에 작은 우산 하나를 펼쳤다. 점점 거세지는 빗줄기는 바람을 타고 춤을 추듯 우산을 두드렸다. 이대로는 옷이 젖을 것 같아 우산 손잡이를 바짝 몸으로 잡아당겼다.

'요란하게도 오네.'

서둘러 집으로 향하던 길, 하나의 우산 아래 위태롭게

걷고 있는 연인이 눈에 들어왔다. 남자는 여자 쪽으로 우산을 기울이느라 옷이 홀딱 젖어 버렸다. 그럼에도 비바람의 방향이 바뀔 때마다 남자는 우산을 더욱 여자에게 밀어 주었다. 그의 사랑 무게만큼 그녀에게 우산을 기울이는 듯했다. 몰아치는 비바람은 다정한 연인을 위한 조연에 불과해 보였다. 때로는 사소한 것이 숭고하게 다가온다. 작고 깊은 사랑은 누군가의 하루를 살아가게 만든다. 여자는 분명 남자가 전해 주는 온기에 충만해져 있으리라.

언제부턴가 루이는 내 옆에 꼭 붙어 잔다. 머리를 기대거나, 궁둥이를 붙이거나, 자기 몸의 일부를 내 몸에 닿게 하며 잠이 든다. 그저 사랑의 표현이겠거니 했다. 사랑이 넘치는 날엔 내 손을, 팔을, 얼굴을, 혀로 핥곤 하는데 사실 고양이의 혀는 사포만큼 까끌거린다.

"아야! 루이야, 엄마 좀 아프다."

참다 참다 지나가는 소리로 투정을 내뱉으면 루이는 놀란 듯 하던 행동을 잠시 멈춘다. 그러곤 최대한 아프지 않게 조심조심 그루밍을 이어 간다. 마치 오늘 자신이 받았던 사랑을 보답하기라도 하는 양. 루이의 작은 배려 하나에, 내가 알고 있는 불안과 아직 이름 붙이지 못한 불안들까지 순식간에 사라지는 것 같다. 나는 루이를 꼭 껴안는다. 보송한 털이 얼굴을 간지럽히면 세상의 모든 위로가 내게로 스며드는 것만 같다.

루이를 보며 알게 되었다. 때로는 아주 작은 차이가 마음을 움직이게 한다는 것을, 작디작은 다름이 누군가의 하루를, 삶을 구하기도 한다는 것을 말이다.

사랑이 고픈 날에는 어릴 적 엄마가 만들어 주던 두부 듬뿍 김치찌개와 파 송송 계란찜을 떠올린다. 루이가 내게 건넨 사랑처럼 작은 것이 때로는 사람을 살아가게 하는 거니까.

　　　　　"엄마, 베리 때문에 못 살겠어."

일요일 아침 댓바람부터 날아든 아들의 한마디에, 나는
상황을 파악하느라 눈알을 연신 굴려 댔다.

"베리가 어제 내 컵에 든 물을 쏟아서 책 다 젖은 거 봤
지? 그런데 아침에는 그 책을 이빨로 죄다 뜯어 놨다니까."

'그러니까 물 마시다 만 컵은 싱크대에 갖다 놓고, 책은
봤으면 제자리에 꽂아 놨어야지.'라고 말하며 레이저 눈빛
을 쏘아 대고 싶었으나, 아들은 사춘기를 통과하고 있으므
로 최대한 부드럽게 꺼낸 말.

"베리가 왜 그랬을까? 왜?" (속이 부글부글 끓어오른다.)

처음부터 그런 사이는 아니었다. 죽고 못 사는 사이는 아니었어도 적어도 지금처럼 냉랭하지는 않았다. 어디서부터 틀어져 버린 걸까. 몇 해 전 그러니까 아들이 초등학교 2학년이던 해에, 베리가 우리 집으로 오면서 천방지축 아들과 자유로운 영혼의 검베리(검은빛 털을 가진 베리의 '성'은 '검'이다)의 인연이 시작되었다.

아들은 베리를 무척 좋아했다. 밥 먹을 때도 놀 때도 공부 할 때도 늘 베리를 곁에 두었다. 아들이 싫지 않았는지 베리도 곧잘 따라다녔다. 아이들 정서에 반려동물이 긍정적인 영향을 미친다는 말처럼 베리를 돌보며 책임감을 배우고 성장해 가는 아들의 모습이 대견하기까지 했다. 아들은 베리와 함께 일상의 모든 순간을 나누고 싶어 했다.

그런데 언제부터인가 둘의 관계가 묘하게 어긋나기 시작했다. 사람과 함께 있는 걸 좋아하지만, 기본적으로 독립적인 성향을 지닌 고양이는 자기만의 공간과 시간이 필요하다. 오죽하면 '숨숨집'이라는 말이 있겠는가.

'나 오늘 컨디션 별로야. 좀 자게 내버려둬.'

베리는 귀를 팔락이고 꼬리를 바닥에 내리치며 온몸으로 경고를 보내 왔지만, 아들은 그 신호를 읽지 못한 채 자기만의 방식으로 사랑을 쏟아 냈다.

"엄마, 베리가 할퀴었어. 흑흑."

선명히 새겨진 자국을 보며 아들은 눈물을 흘렸다. 약을 바르면서도 눈물은 멈출 줄 몰랐다. 팔에 난 상처보다 마음의 상처가 더 큰 듯했다. 안타까웠지만, 아들의 사랑 표현은 결국 베리에게 부담이 되어 버렸다. 베리는 점점 아들을 피해 다니기 시작했다. 어쩌다 맞닥뜨리게 되면 지레 겁먹고 하악질을 해 대거나, 할퀴기 시작한 것이다.

어디서부터 잘못된 것일까. 나와 같은 마음, 같은 생각으로 살아가는 이가 세상에 얼마나 될까? 그런 사람을 만나더라도 평생을 함께하려면 서로를 읽으려는 노력이 바탕이 되어야 할 텐데. 어린 아들은 소중한 진리를 아직 알지 못한 채 자기만의 방식을 고수하며 관계를 어렵게 만들었다. 아들과 베리의 엉킨 모습을 지켜보며 마음이 무거워졌다. 그리고 잠시 생각해 보았다. 우리가 진심이라 믿었던, 너를 위해서라고 포장했던 말과 행동이 정작 상대에게 상처가 되어 버린 적은 없었는지. 상처는 뼈에 사무쳐 다시는 마주하고 싶지 않을 정도의 마음을 품게 하진 않았는지. 그렇다면 그건 누굴 위한 언어란 말인지.

나이가 든다는 것, 성숙해진다는 것은 어쩌면 하고 싶은 말과 행동을 모두 드러내지 않고, 살짝 에둘러 표현하며 살아가는 법을 배우는 일인지도 모른다. 때로는 수면 아래에서 고요히 머무는 세상이 아름다운 날도 있으니까.

나는 아들이 베리를 얼마나 아끼는지 잘 알고 있다. 아들의 애정에 조금도 의심이 없다. 다만 그 사랑이 상대의 마음을 읽지 못해, 공중에서 맴돌다 희미한 신호로만 전달되고 있을 뿐이다.

누군가를 진심으로 위한다면 너와 나의 사랑을 의심하기보다는 마음이 닿을 수 있는 새로운 신호를 다시 한번 살펴보면 어떨까. 그러면 아들과 베리도 다시 예전처럼 찐친이 될 수 있을 텐데.

　　　　　　묻는 말에 능청맞게 받아치는
아들을 보며 속으로 한 대 쥐어박고는 말했다.

"앞으로 양말 홀랑 뒤집어서 세탁기에 넣으면 네 건 안
빨 거야."

요즘, 신은 양말은 세탁기에 직접 가져다 놓는 아들이다.
가끔 침대와 벽 사이에서 눅눅하게 세월을 견딘 양말이 나
오긴 하지만, 예전 생각하면 애교로 봐 줄 만한 수준이다.
문제는 양말을 항상 뒤집어 놓는다는 거다. 어떤 날은 공처
럼 말린 채 나오기도 한다. 사춘기 뇌는 시냅스의 전쟁터라
더니, 그 속에서 단순하게 사는 것이 생존 전략인 걸까? 하

긴 이 험한 세상 헤쳐 나가려면 자잘한 신경들은 가지치기
하며 살아야겠지. 그래도 이건 좀 아니지 않나? 사춘기 아
들을 머리로는 이해해 보려고 부단히 노력해 보지만 가슴
은 용광로처럼 들끓어 오른다. 부글부글.

* * *

"얘들도 늙는구나. 털에 윤기가 없어."

오랜만에 고양이를 본 친정엄마는 외모가 달라졌다는
말부터 꺼내 놓았다. 매일 고양이와 마주하며 사는 나로선
다소 황당한 말이었다. 사람 아이처럼 정수리에서 냄새도
좀 나고 이마에 송골송골 여드름도 잡히고, 능글맞은 웃음
으로 무장하여 '나 자라고 있소.'라고 말해 주는 것도 아니
니, 고양이의 외모로 나이를 가늠할 수 있다는 게 그저 놀
랍기만 했다.

"그래? 예전하고 그렇게 달라 보여?"

"털이 그렇게 부드럽더니 지금은 뻣뻣하잖아. 털도 좀 빠
진 것 같고. 움직임도 더디네."

엄마가 원래 이렇게 관찰력이 좋았던 사람이었나? 아니

면 내가 무뎌진 건지. 그것도 아니면 현실을 받아들이고 싶지 않아서였는지. 순간, 며칠 전 고양이 수명을 물어보며 속상해하던 딸아이가 떠올랐다.

"고양이 수명은 왜 사람보다 짧아? 신은 왜 그렇게 만든 거야?"

고양이의 다섯 살은 사람으로 치면 30대 중반쯤. 여전히 활기찬 시기지만, 중년의 문턱에 들어서는 시기이다. 누군가의 서른은 커리어가 찬란히 꽃피는 시기일 수도, 누군가의 서른은 남들과 다른 길을 걷는 듯하여 불안한 시기일 수도 있다. 불혹을 향해 가고 있지만, 여전히 작은 유혹에도 흔들리는 30대 중반.

나의 30대는 결혼과 육아, 일로 버무려져 그야말로 눈코 뜰 새 없이 지나갔다. 나를 돌아볼 여유 한 번 없었던 시간으로 몸도 마음도 아팠던 날들이 있었다. 그래서였을까. 고양이의 다섯 살이라는 나이가 묵직하게 다가왔다. 나에겐 여전히 아기 같은 녀석들이지만, 어느새 중년의 길로 접어든 고양이들.

＊ ＊ ＊

"아들, 이건 좀 아니지 않아?"

공처럼 말린 양말을 보는 순간, 가슴 어딘가에서 열기가 일었다. 머리끝까지 훅 올라오기 전에 일단 심호흡. 사춘기의 두드러진 점 하나는 망각인 게 틀림없으리라.

"한 번의 기회를 더 주겠다. 양말 똑바로 벗어서 갖다 놔라."

요즘 내가 하루에 한 번씩 하는 일과가 있다. 어릴 적 아들의 사진을 들춰 보는 것. 현실 속 아들에게 받은 화는 사진 속 아들을 보며 조용히 풀어낸다. 그중 오래 눈길이 머문 사진 한 장. 백일쯤 되었을까. 엄마가 곁에 없으면 곧장 울던, 엄마가 곧 아들의 세계였던 시절. 별빛 같은 눈을 맞추며 방긋 웃던 아들의 아기 시절이 사진 한 장에 고스란히 담겨 있었다. 육아에 지치고, 일에 치여 쓰러질 것 같아도 아이의 미소 하나로 생기를 찾던 날들. 사진을 들여다보며 나도 모르게 피식 웃음이 흘러나왔다.

30대 중반이 된 고양이 루이는 여전히 초롱초롱한 눈빛으로 나를 바라본다. 어디를 가든 따라오는 그 눈빛은 식을 줄 모른다. 눈빛의 정점은 내가 화장실에 들어갈 때다.

'문 닫지 마라옹. 엄마 안 보이면 슬프다옹.'

녀석의 처절한 몸짓에 결국 화장실 문을 활짝 열어 놓는다. 루이의 눈빛에서 아들의 아기 시절이 겹쳐 보이니, 고양이에게 나는, 여전히 전부인가 보다. 아들의 우주는 점점 나에게서 멀어져 더 넓은 세상으로 향하고 있고, 고양이의 세계는 여전히 나란 존재로 가득 채워져 있으니, 세상과 이별하는 날까지 고양이는 아기이지 않을까?

아들은 더 넓은 세계로 보내기 위해, 고양이는 엄마란 세계에 닿게 하기 위해 이들을 더 많이 품어 줘야겠다.

오늘도! 나는 엄마니까!

엄마, 이번에도
크리스마스트리　안 해?

누가 그랬던가. 사람들은 보통 자기가 태어난 계절을 좋아한다고. 한겨울에 태어난 나는 추운 날을 끔찍이 싫어한다. 땀이 주르륵 흐르는 한여름에도 수족냉증으로 고생하는 사람이니, '겨울'이라는 말만 들어도 온몸이 얼어붙는 것만 같다. 그런 내가 좋아하는 겨울날이 딱 하루 있다. 바로 크리스마스다. 거리마다 캐럴이 흘러나오고 구세군 자선냄비의 종소리가 은은히 울리면, 내 마음의 작은 동그라미도 멀리멀리 퍼져 나간다. 연인끼리, 가족끼리 저마다의 추억을 쌓기 위해 분주해지는 마음과 발걸음 위에 사랑이 모락모락 피어오른다. 이런 날 트리가 빠지면 섭섭하지.

크리스마스트리 하면 가장 먼저 떠오르는 건 영화 '나 홀로 집에'의 한 장면이다. 혼자 남겨진 케빈은 바쁜 와중에도 집 앞 나무를 잘라 집으로 끌고 와서는 자신만의 트리를 완성했다. 어린 케빈에게 크리스마스트리는 어떤 의미였을까? 외롭게 집을 지켜야 하는 막중한 임무 가운데, 지친 자신에게 건네는 선물, 격려, 위로, 안식은 아니었을까.

나에게도 크리스마스트리는 그런 의미다. 한 해의 마지막을 앞두고 많은 생각들이 오가지만, 가장 먼저는 나를 칭찬해 주고 싶다.

'올해도 잘 살아 냈어. 휘청거리는 날도 있었지만, 견뎌 낸 네가 정말 장해.'

크리스마스트리는 나에게 주는 선물이자, 축복의 상징이다. 작은 전구가 트리에서 반짝이면 내 마음에도 다정한 빛이 켜진다. 그런데 두 고양이를 키우면서부터 크리스마스트리의 축복은 잠시 반납해야만 했다. 호기심 많은 베리는 반짝이는 트리를 보면 달려들어, 어쩜 그렇게 헤집어 놓는지. 선물 같던 트리는 순식간에 볼품없는 모습으로 변해 갔다. 머리보다 몸이 먼저 반응하는 베리가 마음껏 활동을 시작하면 뒤에서 조용히 지켜보던 루이도 합세해 트리를 너덜너덜하게 만들어 버렸다. 트리는 그야말로 애물단지가 되어 버렸다.

"엄마, 이번에도 우리 크리스마스트리 안 해?"

"엄마도 하고 싶지. 근데 저번에 베리가 트리를 쓰러뜨려서 큰일 날 뻔했잖아."

실망하는 딸아이의 얼굴을 보며 미안했지만, 집안의 평화를 위해 어쩔 수 없는 일이었다.

"엄마가 트리를 대신할 만한 걸 찾아볼게."

그러고 찾은 크리스마스트리의 대체품! 작지만 크리스마스 분위기를 가득 품은 산타빌리지 소품과 창문 부착형 조명 세트. 다행히 베리는 큰 관심을 두지 않았다. 딸아이는 조명 앞에 앉아 크리스마스카드를 만들기 시작했다. 빛을 타고 흐르는 멜로디에 맞춰 콧노래를 흥얼거리며, 작은 손으로 색연필을 바삐 움직였다. 크고 화려한 것은 없었지만, 우리만의 크리스마스가 시작되고 있었다.

때로는 루이와 베리로 인해 소소한 즐거움을 포기해야 할 때가 있다. 하지만 우리는 사랑으로 묶인 가족이기에 기꺼이 마음을 내어 줄 수 있다. 가족이란 처음부터 딱 들어 맞는 퍼즐의 완성품이 아니니까. 서로 다른 조각들이 함께 살아가며 모양을 찾아가는 거니까. 퍼즐을 맞추기 위해 가끔은 멈춰 설 때도, 물러날 때도 있는 거니까. 그리하여 끝내 퍼즐은 완성되는 거니까.

이번 크리스마스는
나도, 아이들도 루이와 베리도
조금 더 정답고 따뜻하게
지낼 수 있을 것만 같다.

크리스마스에는 축복을,
크리스마스에는 사랑을.

나답게,
우리답게

　　　　　　지방의 소도시로 이사를 결정
하면서 먼저 떠오른 걱정거리는 고양이들이었다. 낯선 환경
을 힘들어하는 녀석들과 함께하는 이사가 결코 쉬울 리 없
기 때문이다. 게다가 이사 전날엔 고양이 호텔에 잠시 맡겼
다가 짐 정리가 어느 정도 끝난 뒤 다시 데려와야 했다. 고
양이 입장에서는 이제 좀 익숙해졌다 싶을 때 또 다른 공간
으로 옮겨야 하는 셈이었다.

"미안해. 곧 데리러 올게. 잘 지내고 있어."

처음으로 고양이 호텔을 이용하다 보니 걱정이 앞섰다.
이런 내 맘을 알았던 건지 호텔 측은 CCTV로 녀석들을 지

켜볼 수 있는 시스템을 갖추고 있었다. 나는 핸드폰을 꺼내 단숨에 앱을 설치하고 고양이들을 지켜보기 시작했다. 처음에는 낯설어서인지 고양이들이 거의 움직이지 않았다. 그러다가 공간이 조금씩 익숙해지자 탐색에 나섰다.

이사 후 짐이 어느 정도 정리된 뒤 다시 녀석들을 데리러 고양이 호텔에 갔다. 이제 막 이 공간에 익숙해지려는 순간에 다시 환경이 바뀌니 그저 미안했다. 아니나 다를까, 자동차에 실려 집으로 가는 내내 고양이들은 잔뜩 겁을 먹어 눈을 동그랗게 뜨고 있었다.

"괜찮아. 우리 집에 가는 거야."

새집에 도착하고 나서 조심스레 케이지 문을 열었다. 또 얼마간의 시간이 필요한 걸까. 그런데 놀랍게도 내 걱정이 무색할 만큼 고양이들은 금세 이곳저곳을 누비기 시작했다. 호텔에 있을 땐 한참을 웅크린 채 서서히 적응하던 녀석들이 마치 제 집인 걸 아는 양 돌아다녔다. 두려움 가득했던 눈빛은 사라지고, 호기심 어린 눈으로 집 안을 샅샅이 살폈다.

"새집이 마음에 들어?"

한동안 이어진 탐색 끝에 녀석들은 마음에 드는 자리를

찾아냈다. 그리고 떡하니 몸을 눕히더니 단잠에 빠져들었다. 두 다리를 뻗고 자는 모습에 웃음이 났다. 고양이들이 새로운 공간에 이렇게 빠르게 길들여질 거라고는 상상하지 못했다. 비록 환경은 달라졌지만, 곁에 있는 가족은 그대로였다. 가족이 있기에 낯선 집도 고양이들에게는 이내 편안한 공간이 되었는지도 모른다.

고양이는 흔히 독립적인 동물로 알려져 있다. 외로움을 느끼지 않는다고 생각하는 이들도 있다. 하지만 함께 지내며 느낀 건 고양이들도 가족의 온기를 중요하게 여긴다는 사실이다. 가만 보면 고양이들은 자기만의 시간을 보낼 때조차 가족의 움직임을 살핀다. 누가 집에 왔는지, 누가 나갔는지. 가족들은 지금 무엇을 하는지. 고양이들은 늘 가족의 주변에 있다.

낯선 여행지에서도 모험을 감행할 수 있는 이유는 돌아갈 곳이 있어서다. 내가 있어야 할 곳이, 나를 기다려 주는 곳이 있기에 여행이 여행다워지는 것일 테니까.

그러고 보니 가족은 나를 나답게, 나를 우리답게 다듬어 가는 재주가 있는 것 같다.

고양이처럼
나이 들 수 있다면

병풍처럼 둘러싸인 산자락 아래, 오래된 한옥 한 채가 자리를 잡고 있었다. 이름 모를 풀이 우거진 대문을 지나 안으로 들어서자, 작고 단정한 카페로 꾸며진 공간이 모습을 드러냈다. 디근 자 형태의 건물 중앙엔 초록빛으로 감싸인 마당이 펼쳐졌고, 싱그러운 풀과 색색의 꽃이 어우러져 공간을 한층 더 생기 있게 했다. 주인장의 식물 사랑이 고스란히 느껴지는 풍경이었다. 눈앞에 펼쳐진 고요한 정경에 매료된 채 마당을 바라보던 중, 초록 풀 사이에서 검은 형체 하나가 눈에 들어왔다. 고양이였다. 느긋하게 자리를 잡고 꾸벅꾸벅 졸고 있는 녀석을 보니,

내 마음도 덩달아 말랑해졌다. 몇 번을 쓰다듬고 나서야 남편과 나는 건물 안으로 들어갔다. 실내에도 식물이 가득했다. 한옥의 정취와 푸른 식물이 자연스럽게 어우러져 공간 전체가 따뜻하게 느껴졌다. 커피를 주문하고 자리에 앉아 주변을 둘러보니, '정원 가꾸기, 식물도감'이라는 제목의 책이 눈에 들어왔다. 역시나 주인장은 식물을 돌보는 사람, 식집사였다.

일흔 안팎으로 보이는 부부가 함께 일하고 있었는데, 잔잔한 미소로 손님을 맞는 여사장님이 인상 깊었다. 자기가 좋아하는 일을 하며 사는 사람은 얼마나 될까. 경제적으로 어려움 없이 말이다. 문득, 카페 주인장이 부러워졌다. 마음껏 식물을 키우고, 고양이와 함께 여유로운 시간 속에서 일하는 모습이 참 평화로워 보였다.

"우리도 나중에 이런 카페 해 볼까?"

한때 나는 고양이와 함께하는 북카페를 차리는 게 꿈이었다. 책과 고양이, 커피 냄새로 가득한 작은 공간. 하지만 극현실주의자인 남편의 만류로 그 꿈은 한참 뒤로 미뤄 둔 상태였다.

"사장님 표정 봐 봐. 좀 지친 것 같지 않아?"

남편은 나와는 다른 시선으로 그들을 바라본 듯했다. 그러고 보니 부부는 묵묵히 일에만 몰두하고 있었다. 손님에게는 다정하고 친절했던 여사장님이 남편에게는 조금 냉랭해 보였다. 말은 없어도 알 수 있는 거리감. 막연하게 생각했던 '노후에 고양이와 함께하는 카페'라는 꿈이 흔들렸다. 부부가 함께 일하는 건 과연 축복일까, 아니면 부담일까.

부부가 함께 일한다는 건 생각보다 훨씬 조심스럽고 복잡한 일인지도 모른다. 함께 살아가는 것과 함께 일하는 것은 전혀 다른 차원의 일이니까. 사랑이 가까움을 보장하지 않듯 가까움이 언제나 이해를 낳는 것도 아니니까 말이다.

많은 사람이 은퇴 후, 작은 가게 하나를 꿈꾼다. 좋아하는 것을 하며 천천히 나이 들어 가는 삶. 과연 그런 일상이 가능할까. 나이가 들어도 하루하루를 꾸리는 일은 여전히 이어지고, 마음만큼 몸은 따라가지 못할 텐데. 젊은 시절보다 시간은 빠르게 지나가지만, 여전히 노동과 걱정이 뒤섞인 하루. 삶에 대한 진짜 고민은 어쩌면 정년 이후부터 시작이지 않을까.

"나이 들어서 나랑 같이 일할 수 있겠어?"

남편의 질문에 순간 말문이 막혔다. 직장동료로서의 남

편은 과연 어떨지. 함께 늙어 가는 것도 벅찰 텐데, 매일 함께 일까지 해야 한다면. 현실과 이상은 조금씩 어긋나는 법이다. 경솔했다. 북카페라는 꿈은 당분간 마음속에 고이 접어 둬야 할 것 같다.

커피를 다 마시고 마당으로 나왔다. 조금 전 그 고양이 곁에 또 다른 녀석이 어느샌가 다가와 자리를 잡고 있었다. 한 마리는 나른하게 누운 채 눈을 감고 있었고, 다른 한 마리는 그 곁에서 느릿하게 햇살을 느끼고 있었다. 둘 사이에는 묘한 평화가 흘렀다.

꼭 같은 방향을 바라보지 않더라도 조금은 다르더라도 다름을 존중하고 귀 기울일 수 있는 시간. 모든 걸 같이 하지 않더라도, 서로의 가치관을 이해하려는 마음. 부부의 모습이 이러하다면 잘 살아가고 있는 것 아닐까?

각자의 방식으로 평화로움을 즐기고 있는 고양이들. 나는 고양이에게 눈길을 한 번 더 주고, 노부부의 카페를 나섰다. 산자락이 다정하게 감싸는 길 위로, 싱그러운 풀 내음이 바람에 실려 따라왔다.

강아지와 고양이,
그리고 친정엄마

초등학교 시절, 내 간절했던 소원은 강아지를 키우는 일이었다. 잠깐이었지만 꿈이 실현된 적이 있었다. 공교롭게도 강아지와 함께했던 시간은 내 평생 잊히지 않는 트라우마로 남았다.

키웠다고 말하기에는 짧은 일주일의 기간 동안 나는 삐삐와 행복했다. 학교를 갔다 오면 작은 강아지는 앙증맞은 꼬리를 흔들며 반겨 주었다. 어디를 가든 졸졸 따라다녔다. 삐삐는 잘 때도 내 옆에 꼭 붙어 있었다. 들숨과 날숨에 부풀었다 오그라드는 작은 배를 보며, 나는 처음으로 '생명이란 얼마나 귀한 것인가'를 생각했다. 그러나 삐삐는 배변을 가리지 못한다는 이유로 엄마에 의해, 강아지를 키우겠다고 나선 내 친구 집으로 보내졌다.

"이거 가지고 가. 그릇이야. 똘이 참 귀엽다."

동물을 데려오면 그릇을 줘야 한다는 친구 어머니의 이상한 논리 앞에서, 나는 그저 가만히 앉아 있을 수밖에 없었다.

'삐삐가 똘이가 됐네.'

다른 사람 품에 안겨 있는 삐삐와 눈이 마주쳤다. 하루 아침에 내 강아지 삐삐가 똘이가 되었다는 사실이 믿기지 않았다. 이름이 바뀌는 건 존재가 바뀌는 것이었다. 생경한 그 모습은 마치 흐릿한 세상을 더듬는 꿈속 같았다. 작은 그릇 하나, 과일 접시 하나, 유리컵 두 개가 담긴 봉지를 들고 터덜터덜 집으로 걸어갔다. 걸어가는 동안 눈시울은 벌겋게 달아올랐고 참았던 눈물은 한순간에 터져 버렸다. 눈물은 잠그는 법을 모르는 수도꼭지처럼 흘러내렸다. 그렇게 한참을 서성이다 집으로 들어갔다. 집 안은 고요하다 못해 적막했다. 삐삐가 없는 집은 쓸쓸하다 못해 암흑천지였다.

"엄마, 아줌마가 그릇 줬어."

“뭐, 이런 걸 줬다니.”

어떠하든 상관없다는 목소리와 표정으로 엄마는 그릇을 받아 들고는 다시 저녁밥 만들기에 여념 없었다. 나는 엄마가 너무 미웠다. 내 마음도 몰라주는 엄마가 삐삐의 마음까지 알리는 턱도 없었다. 집에서 삐삐의 흔적은 빠르게 사라졌다. 너무도 자연스러운 모습에 ‘삐삐가 정말 우리 집에 있었던 게 맞았나?’ 의심스러울 정도였다. 학년이 바뀌어 다른 반이 된 친구를 한동안 보지 못하다가 동네에서 만났다. 한참을 쭈뼛거리다가 간신히 입을 뗀 친구의 말은 내 눈과 귀를 번뜩이게 했다.

“똘이 3개월 지나니까 덩치가 산만 해지더라. 엄마가 더는 못 키우겠다고 해서 시골 할머니 집으로 보냈어. 걔, 똥개 맞지?”

친구 얘길 듣고 있자니 가슴이 벌렁거렸다. 그리고 삐삐를 만나기 두 해 전, 시골 큰 이모네 집에 일가친척들이 모였던 일이 떠올랐다. 나는 친척 오빠들과 이모네 집에서 키우는 누렁이와 논두렁에서 실컷 뛰어놀고 이모네 집에 들어왔다. 이모네 마당에선 모락모락 장작불이 타올랐고, 나는 장난스레 누렁이의 머리를 쓰다듬으며 물었다.

"오늘은 뭐 먹어?"

그때 누렁이가 남자 어른들에게 붙잡혔다. 나는 놀란 눈으로 누렁이를 바라봤다. 아까까지도 내 발밑을 졸졸 따라오던 강아지가, 해맑게 꼬리를 흔들던 녀석이, 필사적으로 몸부림치고 있었다. 나는 그제야 상황을 깨달았다.

"안 돼! 누렁아!"

내가 소리쳤지만, 이미 어른들의 손길을 벗어날 수 없는 일이었다. 누렁이는 필사적으로 울부짖었고, 나는 한 걸음도 앞으로 나아갈 수 없었다. 작은 몸으로 뭐라도 해 보려 했지만, 세상은 나보다 훨씬 크고 무거웠다.

그날 저녁, 마당에 둘러앉은 어른들은 이야기를 나누며 그것을 나눠 먹었다. 평소처럼 웃고 떠드는 모습이었지만, 나는 숟가락을 들 수 없었다. 웃음소리가 커질수록 내 마음에는 스산한 바람이 들어왔다 나갔다.

사랑하는 것을 항상 지킬 수 있는 건 아니었다. 세상은 내가 감당하기엔 몹시 크고 잔인했다.

친구로부터 내 강아지 삐삐가 몇 개월 만에 시골로 보내졌다는 이야기를 듣고 있자니 삐삐도 누렁이 신세가 될 것만 같아 심장이 요동쳤다. 지켜 주지 못한 사랑, 준비되지 않은 이별, 불쑥 튀어나온 죄책감.

'내 가여운 강아지. 내 사랑스러운 강아지. 삐삐야.'

수십 년이 흘렀지만 여전히 또렷한 기억들. 이사 간 집으로 엄마가 놀러 왔다. 강아지보다 고양이를 더 좋아하지 않는 엄마였다. 그러니 고양이를 키우는 내가 달가워 보일 리 없었다.

"엄마는 동물 안 좋아하지?"

"좋아해. 귀엽잖아. 베리야, 이리 와 봐."

베리를 쓰다듬고 있는 엄마의 모습이 낯설었다. 엄마는 모르겠지. 어릴 적, 작은 강아지를 통해 생명의 소중함을 배웠던 내가, 강아지를 통해 생명은 결국 한 줌의 재밖에 안 되는 것임을 깨달았다는 사실을.

'작은 생명을 돌아볼 수 없을 정도로 하루하루를 살아 내는 게 버거웠던 거지? 엄마도 원래 동물을 싫어하는 건 아니었는데 말이야.'

사랑은 마음만으로 되는 게
아닐지도 모른다.

삶의 여유와
다정히 쓰다듬어 줄 힘이
채워져 있어야만
비로소 밖으로 흘러나올 수 있는
감정이 사랑임을.

내 나이 마흔이 넘어서야
어렴풋이 알 것 같았다.

이 집 고양이,
변기   씁니다

　　무심코 꺼낸 친구의 말에 나는 커피를 입에 대다 말고 눈이 휘둥그레졌다.

"고양이가 사람 변기에다가 용변을 본다고? 그게 가능해?"

친구는 고양이도 어릴 때부터 훈련하면 사람 변기를 쓸 수 있다고 했다. 요령만 익히면 된다고. 우리 집 고양이도 가능하겠냐고 물었더니, 성묘는 이제 글렀다며 딱 잘라 말했다. 고양이 훈련이 아니라, 내 훈련이 될 것 같다는 생각에 헛웃음이 나왔다. 집에 돌아와 인터넷에 '고양이 사람 변기'라는 내용을 검색해 보았다. 생각보다 많은 고양이들이 화면에 나타났다. 전용 변기와 단계별 훈련 지침까지 상세히 검색되었다. 변기에 균형을 잡고 앉아 있는 고양이의 모습에서 나는 눈을 뗄 수가 없었다. 사람 변기에 앉아 용변을 보는 고양이라니, 신기하고 기특한 일이 아닐 수 없었다. 물론 우리 집 루이와는 상관없는 이야기지만.

사람 변기를 쓰는 건 바라지도 않았다. 그저 본능대로 모래를 파고 싸고 덮기만 해도 감사할 일이었다. 나의 바람과는 다르게 루이는 그런 습성과는 거리가 멀었다. 베리와 함께 쓰는 배변통이 불만인가 싶어 전용 변기도 사 보고 모래도 종류별로 바꿔 봤다. 벤토나이트, 두부 모래, 크리스털 모래, 카사바 모래……. 새 모래를 부어 주면 루이는 코끝을 들이대고 잠시 냄새를 맡다가 고개를 홱 돌렸다. 한번은 조심스레 앞발을 올려 보더니, 발에 닿는 감촉이 마음에 들지 않는지 그대로 빠져나가 버렸다. 배변통 위치도 옮겨 보고 냄새 제거제도 써 봤지만, 고집 센 녀석은 요지부동이었다. 까다로운 고양이.

루이가 선택한 배변 장소는 화장실 바닥이었다. 그런데 한 군데가 아니었다. 거실과 안방 화장실을 번갈아 가며 한 번 일을 본 자리에는 다시 보지 않는 철저함까지. 그 덕에 나는 하루에도 몇 번씩 화장실 바닥을 청소하고 소독하는 전쟁을 치러야 했다. 고양이 키우는 최고 장점 중 하나가 깔끔한 배변 습관이라던데, 루이에겐 가당치 않는 일이었다. 도대체 뭐가 문제일까. 루이의 마음을 돌려 보려고 별의별 방법을 다 써 봤지만, 녀석의 꿋꿋한 배변 활동 앞에 항복하고 말았다. 루이는 묵묵히 쌌고, 나는 묵묵히 닦았다.

그러던 어느 날부턴가 아침마다 화장실 문을 열고 들어가면 변기 속 노란 물이 눈에 띄었다. 처음엔 대수롭지 않게 넘겼지만, 날이 갈수록 반복되는 장면에 은근히 짜증이 치밀었다. 범인은 아들일 거라 확신했다.

"소변봤으면 물 좀 내려라."

아들은 눈을 끔뻑이며 당황스러워했다. 억울한지 눈물까지 글썽거렸다.

"엄마는 왜 나를 의심해? 나 아니야."

그때, 아들을 지나쳐 느긋이 걸어가는 고양이 한 마리. 곧 믿을 수 없는 광경이 펼쳐졌다.

슬기롭지 못한 배변 활동의 대명사 루이. 녀석은 보란듯이 사뿐히 변기 위로 올라가 앞발과 뒷발로 균형을 잡더니, 궁둥이를 살짝 뒤로 빼고 조용히 용변을 보는 것이었다. 졸

졸졸……. 그러고는 아무 일 없었다는 듯 바닥으로 내려와 유유히 사라졌다.

"범인이 루이였다고?"

누가 알려 준 것도 시범을 보인 것도 없었다. 그동안 가족들이 사용하는 모습을 유심히 본 걸까, 아니면 스스로 편한 방법을 찾아본 걸까. 화장실 바닥에 소변을 보던 루이가 아니었던가. 믿을 수 없는 상황에 말문이 막혔다. 화장실을 도도하게 떠나는 녀석의 뒷모습에서 왠지 모를 당당함과 품격이 묻어났다. 대단한 고양이.

곰곰이 생각해 보면 우리 주변에도 그런 사람이 있다.

누구를 눌러 앞서가려 하지 않지만, 묘하게 단단하고 느긋한 사람. 남들이 먼저 가더라도 불안해하지 않고 자기 속도로 걷는 사람. 그러다 보면 어느새 한 발 앞서 있는 사람.

'영리함에도 품격이란 것이 있구나.'

누군가를 이기려고 애쓰는 대신, 자기 삶에 맞는 속도와 방식을 찾는 것. 스스로 불편한 걸 줄이는 방향으로 지혜롭게 움직이는 것. 루이는 어쩌면 그런 영리함을 가졌는지도 모르겠다. 나와 주변을 평화롭게 만드는 능력. 진짜 영리함은 이런 것이 아닐까?

루이의 조용한 혁명 덕에, 내 아침은 앞으로 조금 더 여유로워질 예정이다.

돌봄은
사랑보다   책임이다

　　　　　　　'금일 집중호우로 초, 중, 고,
특수학교 휴업함을 알려 드립니다.'

　아침에 눈을 뜨자, 온 세상이 물바다가 되어 있었다. 창
밖 풍경은 밤사이 완전히 바뀌어 있었고, 홍수통제소며 시
청, 철도청, 교육청까지 각종 기관에서 보내는 알림 문자가
쉴 새 없이 쏟아졌다. 경보음처럼 울려 대는 휴대폰 알림에
몸이 저절로 긴장되었다. 도로 곳곳이 물에 잠기고, 거센
바람까지 몰아치니 밖을 나선다는 건 엄두조차 낼 수 없었
다. 울음을 토해 내듯 하염없이 쏟아지던 비는 하루가 꼬박
지나고 거짓말처럼 물러났다. 언제 울었냐는 듯 시치미를

떠듯이.

세상은 다시 밝아 왔다. 창밖으로 새소리가, 사람들의 소리가 들려왔다. 아이들은 평소처럼 학교로 향했고, 나는 집 앞 저수지 둘레길을 걸었다. 폭우는 물러났지만, 거센 비바람의 흔적은 여전히 남아 있었다. 부러진 나뭇가지들이 길가에 나뒹굴고 있었다. 저수지의 물빛은 탁한 갈색으로 변해 있었다. 조금 더 걸어가자, 저수지 안쪽으로 들어가는 길목엔 통행금지 표지판이 덩그러니 세워져 있었다. 발길을 돌려 다른 산책로를 걷고 있을 때였다. 어디선가 나타난 하얀 고양이 한 마리가 눈에 들어왔다. 젖은 길 위로 축 처진 꼬리와 축축한 몸을 이끌고 걷고 있던 녀석.

"안녕? 어딜 가는 거야?"

다가가 조심스레 인사를 건네자, 고양이는 도망치기는커녕 나에게 다가왔다. 길에서 태어난 녀석 같지 않게 사람을 무서워하지 않았다. 오히려 오래 알고 지낸 듯한 눈빛으로 바라봤다. 외모도 평범한 길고양이와는 달랐다. 더러워진 몸이 고된 시간을 견뎌 온 듯하면서도 어딘가 귀티가 묻어났다. 조금 더 자세히 녀석을 살펴보니, 얼굴에도 눈에도 입에도 상처가 있었다. 험한 바깥세상 살이의 흔적인 건지, 다쳐서 내버려진 흔적인 건지.

도대체 녀석은 어디서 온 것일까. 설마 누군가가 유기한 건 아니겠지? 생각이 거기까지 미치자, 불현듯 분노가 치밀어 올랐다. 한 생명을 책임진다는 건 결코 가벼운 일이 아니다. 그것이 사람이든 동물이든. 하물며 작은 식물 하나일지라도 생명을 품고 있는 존재에게는 반드시 책임이 따라야 한다. 끝까지 돌볼 수 없는 마음이라면 처음부터 품지도 말아야 했다.

아이만 낳으면 저절로 엄마가 되는 줄 알았던 시절이 있었다. 막상 아이를 품에 안고 보니 세상은 그렇게 간단하지 않았다. 아이란 존재는 엄마의 손길 없이는 아무것도 할 수 없는 약하디 약한 생명이었다. 밤잠을 줄이고, 이유식을 만들고, 책을 읽어 주고, 씻기고, 재우고……. 엄마의 끝없는 보살핌과 헌신 속에서 아이는 조금씩 자라났다. 어느 날은 ‘나는 없는 나의 일과’가 벅차 모든 구속에서 달아나고 싶었다. 나를 돌볼 새 없이 쌓이는 하루가 허무하기까지 했다. 그때마다 마음을 다잡아 보았다. 아이가 원해서 세상에 온 게 아니라고. 아이를 원한 건 나였고, 그래서 책임져야 할 사람도 나라고.

철없던 엄마는 아이를 키우며 생명에게 가져야 할 마땅한 책임이 무엇인지 알게 되었다. 생명은 사랑만으로 자라지 않는다. 책임이라는 이름의 돌봄이 함께할 때야 비로소 생명을 품을 수 있다. 사람의 사랑은 언젠가 변할 수 있기 때문에. 사랑만 믿고 내맡겨진 존재는 언제든 버려질 위험에 놓일 수 있기 때문에.

어쩌면 상황과 환경이 자기 아이조차 지켜 낼 수 없는 자리까지 몰아넣을 수도 있다. 결코 사랑이 부족해서가 아니다. 그렇게 믿고 싶다. 이유가 무엇이든 버림받은 존재에게는 지울 수 없는 상처가 평생을 똬리 틀며 남을 것이다. 아이를 품지 못한 부모의 마음은 또 어떨까. 그들이 편안한 하루를 온전히 누릴 수 있을까. 한 번의 결단이 남은 생을 따라다니는 그림자가 되진 않을까.

폭우 속에서 떨고 있었을 고양이. 온 세상이 물에 잠기고, 모두가 문을 걸어 잠근 저녁. 하얀 고양이는 어디에 있었을까. 작은 몸 하나 숨길 곳은 있었을까. 고양이를 책임져야 했을 보호자는 대체 어디에 있었던 걸까.

당신, 충분히
아름다워

뒤통수가 따가워 돌아보니 애처롭게 레이저를 쏘고 있는 한 녀석. 루이의 눈빛이었다. 베리를 품에 안고 있는 내게 질투 섞인 시선을 보내고 있던 루이. "나도 좀 안아 주라웅." 하고 말하는 듯한, 서운함이 고스란히 담긴 눈빛이었다.

고양이를 키우기 전에는 몰랐다. 작은 생명들이 품는 감정이 이토록 섬세하고 다채로울 줄은. 기쁨, 서운함, 질투, 사랑……. 사람과 다를 게 없었다. 말하지 않을 뿐 고양이들은 온몸으로 감정을 표현했다.

"이리로 와, 루이야."

말이 끝나기도 전에 달려와 품에 안기는 고양이. 그제야 눈에서 뿜어져 나온 레이저가 멈춰 섰다.

두 살 터울의 두 아이를 키우며 내가 가장 많이 한 말은 '사랑해'였다. 좀 더 정확히 말하자면 딸아이에게는 "오빠보다 너를 더 사랑해." 아들에게는 "동생보다 너를 더 사랑해."였다. 한 아이에게 전적으로 기울지 않으려 하루에도 몇 번씩 균형을 잡듯 그렇게 말했다. 먹는 것도 장난감도 옷도 모든 걸 똑같이 나눠 줘야만 했던 시절. 조금쯤 양보할 수 없을까 싶었지만, '조금'이 어린 아이들에겐 몹시 큰 차이로 느껴졌던 모양이다. 그랬던 아이들이 시간이 지나며 무슨 확신이 섰는지 나에게 먼저 말해 주곤 했다.

"엄마, 나 알아. 엄마가 오빠보다 날 더 사랑하는 거."

"어떻게 알았어?"

"그냥 다 느낄 수 있어."

한때 나는 질투라는 감정에 휘둘려 힘들었던 시절이 있었다. 사랑받고 싶다는 마음과 뒤처지고 싶지 않다는 마음이 뒤엉켜, 결국 누구보다 나 자신을 괴롭게 만들던 날들. 나에게는 세 살 터울의 여동생이 있다. 동생은 뭐든지 나보다 앞서갔다. 공부도 외모도 성격까지. 심지어 '착한 아이'

라는 칭찬도 늘 동생의 몫이었다. 엄마는 그런 동생을 더 아꼈고, 나는 편애 앞에서 보란 듯이 동생을 괴롭히곤 했다. 질투에 눈이 멀어 사랑을 빼앗긴 아이처럼 굴었다. 좀 더 자란 후에는 나보다 공부 잘하는 친구들이 부러웠다. 사회에 나가서는 나보다 인정받고 잘나가는 사람들에게 질투를 느꼈다. 남의 성취가 곧 내 결핍처럼 느껴졌다.

지금 생각하면 부끄러운 일이다. 왜 그렇게 질투라는 녀석한테 휘둘려 살았던 것인지. 왜 그렇게 끊임없이 비교하고, 스스로를 작게 만들었던 것인지. 왜 그렇게 스스로에게 작은 확신조차 없었던 것인지.

엄마가 이제는 자신을 가장 사랑한다고 확신하는 아이의 눈빛 앞에서, 답을 얻은 기분이었다. 질투란 감정이 꼭 나쁜 것만은 아니었다. 질투가 스며든다는 건 조금 더 인정받고 싶다는 것. 나도 사랑받고 싶다는 것. 그렇다면, 내가 나를 인정해 주면 어떨까? 내가 나를 더 깊이 안아 주면 어떨까? 다른 곳에서 그 인정을 구하려 애쓰기보다 내가 나를 더 다정하게 바라볼 수 있다면. 엄마가 자신을 더 사랑한다고 기꺼이 믿을 수 있었던 아이의 마음속에는 아마도 이런 믿음이 있었을 것이다.

'나는 그럴 만한 가치가 있는 존재야.'

우리는 모두 각자의 속도로 걷고 있다. 빛나는 방향도 방식도 제각각이다. 서로를 비교할 수 없을 만큼 고유하게 빛나는 존재들이다.

"엄마, 큐브 대회 며칠 안 남았
어. 으윽, 긴장돼."

아들의 큐브 대회가 어느덧 일주일 앞으로 다가왔다. 지
난 대회에서는 긴장을 이기지 못해 원하는 기록을 세우지
못했다. 대회가 끝난 뒤, 눈물을 뚝뚝 흘리던 아들의 얼굴
이 순간 스쳐 지나갔다.

"연습 많이 했잖아. 엄마는 네가 얼마나 열심히 준비했는
지 다 알고 있어."

결과보다 과정이 더 중요하다고, 어쩌다 좋은 결과가 나
오더라도 노력 없는 성취는 결국 무너지고 만다고, 나는 아

이들에게 늘 이야기해 왔다. 하지만 막상 눈앞에 기록이 뚜렷하게 드러나면 누구든 흔들릴 수밖에 없을 것이다. 더구나 그것이 오랜 시간 준비해 온 끝에 얻은 것이라면. 부디 이번에는 아들의 노력이 빛을 발하기를.

아들은 어릴 적부터 소근육 발달이 더뎠다. 영유아 검진을 할 때면 소근육기능 항목은 매번 하위에 머물러 있었다. 당시 나는 초보 엄마였으므로 아들의 느린 발달이 걱정스러웠다. 또래 아이들은 쉽게 하는 일을 우리 아이는 힘겨워하니 무엇이 문제인지 고민이었다. 아들이 유치원에 다닐 때는 가위질을 못 해 짝꿍이 대신 색종이를 잘라 주었다. 단추 끼우기, 신발끈 묶기는 고난도 미션으로 지금도 쉽지 않다. 나는 아들의 소근육 발달을 돕고 싶어 피아노를 가르쳐 보기도 하고, 종이접기도 틈틈이 시켜 보았다. 내 마음과는 다르게 아이의 손가락은 여전히 굼떴고, 아이는 느긋했다.

그런 아이가 어느 날 큐브에 흥미를 느끼게 되었다. 잠깐 가지고 놀다가 말겠거니 했는데 아들은 진심이었다. 동영상을 찾아가며 한 면 한 면 큐브를 맞출 때마다 세상을 다 가진 듯 기뻐했다. 매일 수십 번, 수백 번 큐브를 만지고 돌렸다. 점차 큐브 맞추는 속도가 빨라지자 아들은 큐브 대회에 나가고 싶어 했다. 큐브를 맞추려면 공간 지각력과 함께 빠른 판단이 요구된다.

무엇보다 기록을 단축하려면 손가락을 독립적으로 움직이고, 섬세하게 힘을 조절할 수 있어야 한다. 작은 큐브 한 면을 돌리는 손끝의 차이가 전체 속도를 좌우하기 때문이다. 소근육이 약한 아들에게는 쉽지 않은 도전이었다.

잘하고 싶은 마음이 앞섰던 걸까. 아들의 기록은 오히려 지난 대회보다 좋지 않았다. 실망했을 아이를 다독이며 집으로 돌아가려던 그때, 뜻밖의 소식이 전해졌다. 아들이 2라운드에 진출하게 되었다는 것이다. 많은 참가자의 기회를 보장하기 위해 대회 방침이 달라진 듯했다. 다시 얻은 기회 앞에서 아이의 얼굴에는 비장한 기운마저 서려 있었다. 아이는 침착하게 주어진 시간 동안 몰입했고, 마침내 자신의 최고 기록을 세웠다. 손가락의 움직임은 전과는 비교할 수 없을 만큼 빨라져 있었다. 아들의 달라진 손놀림을 바라보는 것만으로도 내게는 놀랍고 신기한 경험이었다.

'언젠가는 너의 노력이 꽃을 피우고, 열매를 맺게 될 거야. 엄마는 믿어.'

아이에게 늘 말해 주었던 진실을 아이는 스스로 느끼고 경험하고 보여 주었다. 이 한 번의 성취는 또 다른 도전으로 이어질 것이다. 분명 앞으로 나아가는 데 있어 아이의 디딤돌이 될 것이다.

고양이와 사냥 놀이를 하다 보면 녀석들의 진지함에 종종 놀랄 때가 있다. 단순 놀이가 아니고, 이들에게는 생존이 걸린 일인 것만 같다. 사냥감이 눈앞에 보이면 고양이들은 낮은 자세로 때를 기다린다. 그러다가 빠른 판단과 순발력으로 목표물을 덥석 물어 버린다. 실패할지라도 다시 낮은 자세를 잡고 다음 순간을 노린다. 고양이의 사냥 모습이 아들의 큐브하는 모습과 닮아 있다.

실패가 두려워 시작도 하지 못하는 사람이 되지 않길 바란다. 사냥감을 놓치더라도 다시 낮은 자세를 취하는 고양이처럼, 다음 순간을 기다리는 아이로 자라나길 바란다. 묵묵히 그 자리를 지키면서.

기다림은
믿는다는   거야

"엄마, 잠깐 병원에 다녀올게."

아이들과 웃으며 헤어졌는데, 금방 돌아올 줄 알았는데, 짧게 끝날 줄 알았던 병원 진료는 곧장 응급 수술로 이어졌다. 위에서 콸콸 쏟아지는 피가 멈추지 않아 긴급 상황이라고 했다. 하루만 늦었어도 위험했을 거라는 말을 간호사는 수혈 봉지를 갈아 끼우며 덧붙였다.

몸보다 아픈 건 마음이었다. 병원에 누워 있는 내내, 머릿속에선 아이들 얼굴이 떠나질 않았다. 엄마의 손이 절실한 일곱 살, 다섯 살. 어린 두 아이를 떠올리는 것만으로도 숨이 막혔다.

"어머님, 무슨 일 있으세요? 갑자기 아이가 울기도 하고, 밥도 잘 안 먹네요. 물어봐도 대답도 안 하고요."

첫째, 둘째 할 것 없이 유치원에서 연락이 오기 시작했다. 내가 빨리 집으로 돌아가야 한다는 생각뿐이었다. 남편은 휴가를 낼 수 없는 상황이었다. 남들보다 늦게 출근하고 일찍 퇴근하며 아이들을 챙기기 시작했지만, 엄마의 빈자리를 모두 채울 순 없었던 모양이었다. 하루하루가 전쟁이었다. 잠깐이면 될 줄 알았던 시간은 열흘 가까이 되어서야 겨우 끝이 났다. 나는 산송장이나 다름없는 상태로 퇴원할 수 있었다.

나만 집에 돌아가면 모든 건 제자리를 찾을 돌아갈 거라고 생각했지만, 착각이었다. 아이들의 불안 증세가 나아지질 않았다. 특히 아들은 엄마의 부재에 큰 충격을 받았는지 한시도 나와 떨어지지 않으려고 했다. 잠시 시야에게 벗어나면 아이는 날 찾아 헤맸다. 분리불안 증세가 생긴 것이다. 나는 아이의 불안을 잠재우려고 더 많이 놀아 주고, 더 곁에 있어 주었다. 사실 내 몸이 회복된 게 아니라 버거운 날이 이어졌지만, 아이 눈 속에 박혀 있는 공포를 외면할 수는 없었다. 나는 아이의 불안정한 마음을 껴안기 시작했다. 하지만 내 노력에도 불구하고 불안은 쉽게 가라앉질 않았다. 매 순간 최선을 다했지만 앞으로 나아가지 않는 아이의 증세에 와르르 마음이 무너져 내렸다. 더 이상 어떻게 해야 할지 알 수 없었다. 나로 인해 아이가 아픈 것만 같아, 마음만 졸이며 시간을 흘려보냈다.

나는 루이를 키우며 그 답을 조금씩 얻을 수 있었다. 루이는 도통 재촉하는 법이 없다. 늘 한 발짝쯤 떨어진 거리에서 내가 하는 일을 묵묵히 지켜볼 뿐이다. 글을 쓰거나 일을 할 때면 곁으로 다가와, 내 손끝이 움직이는 걸 가만히 바라본다. 그러다 스르르 잠에 빠져 버리기도 한다. 가끔 간식 주는 시간을 놓치고, 일에 몰두해 있을 때도 루이는 다그치지 않는다. 가만히 나를 바라볼 뿐이다.

"아이코, 루이야. 미안해. 간식을 못 줬구나."

그제야 내 말뜻을 알아듣고는 온몸으로 반가움을 드러내는 루이. 루이는 기다림의 정석이었다.

내 노력에도 쉽게 가시지 않았던 아들의 불안 증세는 1년, 2년, 3년…… 시간이 차곡차곡 쌓이며 서서히 옅어졌다. 고작 열흘, 자리를 비웠던 것뿐이니 그만큼의 시간이 흐르면 괜찮아질 줄 알았다. 하지만 아이에게 남겨진 흔적은 생각보다 깊었다. 작은 몸에 새겨진 두려움은 깊게 파인 상처와 같아, 아물기까지 오랜 시간이 걸렸던 것일지도 모른다.

누군가를 믿는다는 건, 믿는 만큼 기다려 주는 걸 의미하는 것일지도 모르겠다. 루이를 통해 배운 기다림의 태도를 이제는 내 아이에게, 곁에 있는 사람들에게 적용해 보려 한다.

나의 속도와 당신의 속도가 다르다는 것을 알아요. 나는 기다릴 거예요. 당신을 믿으니까요.

사람들이 잠든 사이,
길고양이들의 진짜 하루가 시작된다.
나는 살기 위해 움직여야 했다.

누군가 먹다 남긴 찌꺼기를 살금살금 핥아 먹었다.

양에 차진 않았지만, 싸움이 나기 전에 자리를 털고 돌아서야 했다.

며칠째 비가 내렸다. 먹을 것을 찾아 이곳까지 왔지만,

주변에는 아무것도 없었다.

여기는 어딜까.

어디로 가야 할까.

문득 내 가족이 떠올랐다.

조금 어긋나도
다정하게

고양이 합사가
뭐길래

베리가 집에 온 지 한 달쯤 지나서 루이도 우리 가족이 되었다. 고양이의 영역 다툼은 생사를 가를 만큼 치열한 문제라는 사실을, 다큐멘터리에서 본 적이 있었다. 그래서 내 마음은, 두 고양이의 서열이 자연스럽게 정리되고 평화로운 합사가 이루어질 수 있을지에 머물러 있었다.

루이가 집에 온 첫날, 미리 정리해 놓은 작은방에 녀석을 데려다 놓았다. 루이가 지낼 방에는 새로 산 캣타워, 장난감, 고양이 전용 담요가 가지런히 놓여 있었다. 베리는 모든 상황이 신기한 듯 동그란 눈을 크게 뜨고 루이를 빤히 바라봤다. 경계심이라기보다는 호기심으로 가득 찬 눈빛이었다. 서로의 체취를 느끼며 조금씩 익숙해질 수 있도록 작은 방 문 앞에 플라스틱 펜스를 세워 두었다. 베리의 호의적인 시선과 달리, 루이는 베리의 그림자만 보여도 긴장하며 하악질을 해 댔다.

'여기가 어딘지도 모르겠고, 너는 또 누구냐옹? 왜 나를 빤히 쳐다보는 거냐고. 무서워. 저리 가라옹.'

심지어 작은방에 놓인 거울 속 자신의 모습에도 화들짝 놀라는 루이가 조금이라도 마음의 평화를 찾을 수 있도록 나는 베리와 거리를 뒀다. 그리고 루이가 불편하거나 배고 프진 않은지 수시로 방을 들여다보며 살폈다. 내 마음이 전해졌는지 며칠 만에 루이는 내 눈을 바라보며 골골송을 불렀다. 그러고는 조심스레 무릎 위에 올라와 고개를 파묻고, 작은 앞발로 꾹꾹이를 해 줬다. 일정한 리듬을 탄 듯 꾹, 꾹 앞발로 눌러 대는 모습이 신기해 인터넷에서 찾아보았다. 새끼 고양이가 젖을 먹으며 엄마 배를 누르던 기억이 남아 있는 행동이라고 했다. 또 고양이가 편안함과 안정감이 차오를 때만 나오는, 집사에게 건네는 가장 깊은 애정의 신호라고 했다. 역시 세상의 모든 생명은 자신을 향한 마음을 다 알아채는 법이다.

'고마워요. 엄마는 없는 줄 알았는데, 알고 보니 당신이 었네용.'

엄마의 사랑을 등에 업고, 루이는 용기를 내기 시작했다. 호기심 가득한 베리의 시선에도 겁내지 않았고, 작은방이 답답하다며 나가고 싶다는 눈빛까지 보내왔다.

드디어 루이와 베리가 마주하는 첫날, 평화를 바라는 만남이 혹여 전쟁 같은 하루가 될까 봐, 나는 콩닥대는 가슴으로 두 고양이를 바라보았다. 그런데 놀랍게도 두 고양이는 걱정과는 달리 침착했고, 다정하기까지 했다.

'괜히 오해했잖아. 눈이 원래 컸구나. 귀엽다.'

'덩치 큰 엄마 고양이 친절해. 너랑 친해지고 싶다웅.'

루이와 베리 사이에 서열 같은 것은 없었다. 마음이 맞으면 잘 놀았고, 기분이 상하면 투덕거리기도 하는, 친구 같은 사이가 되었다.

딸아이가 초등학교 3학년이 되어 생애 첫 반장 선거를 마치고 집에 돌아온 날이었다.

"엄마, 나 포함해서 네 명만 빼고 다 반장 후보였어. 반장은 4표로 됐어."

반 전체 23명 중 19명이 후보라니, 나 때와는 사뭇 다른 학급 분위기에 조금 놀랐다. 많은 아이가 과연 반장이 되고 싶어서 공약서를 쓰고 발표했을까? 어쩐지 씁쓸한 마음이 밀려왔다.

서열. 일정한 기준에 따라 순서대로 나열된 상태. 언제부턴가 우리 일상 속 깊이 스며든 서열은 너와 나를 구분 짓고 우리를 가른다. 우위에 있지 않으면 마음 한구석이 불안해진다. 직장에서, 학교에서, 심지어 가정에서도.

루이와 베리의 서열 관계를 잘 정리해, 두 고양이가 안전하고 평온한 집에서 살 수 있기를 바랐다. 그러나 두 고양이의 합사 과정을 지켜보며 서열이 있어야만 평화가 찾아오는 건지 의문이 들었다.

무엇을 위해 우리는 그토록 순서를 매기고 서열을 세우려 하는 걸까? 서열은 정말 우리를 평화로 이끌어 주는 걸까? 차례를 세우는 건 설핏 안정감을 주는 것처럼 느껴질 수 있지만, 사실은 불안의 다른 모습이지는 않을까? 자리는 언제든지 흔들릴 수 있고, 사람의 순서는 얼마든지 바뀔 수 있기에 진정한 평화는 순위가 아닌 신뢰에서 시작되는 것은 아닐까.

'순서를 세우지 않아도,
잘 지낼 수 있다옹.'
마치 그렇게 말해 주는 듯한
두 고양이를 바라보며
조용히 생각에 잠긴다.

고양이가
사람 말을　해요

　　　　　　옹알이를 하던 아기는 생후 1년 즈음 힘겹고도 감격스러운 단어를 내뱉는다.

'엄. 마.'

두 음절에 담긴 의미는 실로 어마어마하다. 사물과 사람을 구분하고 단어에 담긴 뜻을 인지하며, 아기에게 가장 중요한 사람인 엄마와 상호작용할 수 있는 힘. '엄마'라는 단어는 그 시작점이다. 그 후로 아기의 언어와 사회 인지 발달은 급속도로 이루어진다.

"어… 엉… 마… 아."

"어… 엉… 마… 아."

'내가 뭘 잘못 들은 건가? 분명 '엄마'라고 하는 거 같은
데.'

베리가 처음 내뱉은 말은 '야옹'이 아니고 어처구니없지만
'엄마'라는 단어였다. 처음 한두 번은 어쩌다가 그렇게 발음
이 됐겠거니 생각했지만, 베리는 야옹 소리를 입 밖에 내지
않았다.

'야옹 소리를 내지 않는 고양이라.'

뭔가 요청할 일이 있을 때도, 불편하거나 기분이 좋을
때도, 어느 순간에서든 베리는 줄곧 엄마만 찾았다. 남편은
그런 베리가 '세상에 이런 일이'에 나올 법한 일이라며 신기
해했다.

여기 야옹 소리를 못 내는 고양이가 한 마리 더 있는데
바로 루이다. 루이는 자기가 필요한 순간에 딱 한마디한다.
"네?"라고. 야옹 대신 네라니.

고양이는 생후 12주 전에 사회화가 급속도로 이루어진
다. 엄마 고양이와 형제 고양이에게서 사냥하는 법, 몸을
청결히 하는 법, 누가 적인지 친구인지 구별하는 법을 배우
며 고양이답게 살아가는 방법을 익힌다.

고양이다운 언어와 방식을 배워야 할 때 루이와 베리는

나를 만났다. 야옹 소리를 내지 못하는 고양이가 된 건 어쩌면 엄마에게 고양이 화법을 배울 만한 시간이 없었기 때문은 아닌지. 태어나자마자 다른 이의 손에 이끌려, 자신을 구원해 줄 누군가를 기다리느라 마땅히 배워야 할 것을 놓친 건 아닌지. 다른 이들이 신기해하는 두 고양이의 언어는 내 마음을 후벼 팠다.

누군가에게 길든다는 건 관계를 맺어 친밀해지는 너와 내가 된다는 것. 멀었던 거리는 이내 좁혀져 무의미는 의미가 되고, 특별한 존재로 태어난다는 것. 무의미가 의미가 되기 위해 얼마나 많은 시간과 노력을 쏟아야 할까?

마땅히 길들여야 할 것에 익숙하지 않은 채로 나를 만난 루이와 베리. 자신의 의지와는 상관없이 인간 생활 속으로 들어온 두 고양이는 조금씩 조금씩 이 세계에 마음의 발을 내디뎠다. 길들기 위해 수없이 관찰하고, 되뇌었을 단어들.

'인간 엄마에게 인간 아이들이 엄마라는 말을 하면 좋은 일이 생기는구나. 나도 한번 연습해 봐야겠다. 어… 엄… 마… 아… 엄. 마. 엄. 마.'

많은 날을 마음으로 읊조리던 언어는 마음 밖으로 흘러나와 하나의 의미가 되었다. 너에게 길든다는 건 너의 방식을 존중하고 너의 언어를 배운다는 것.

마침내 터져 나온 단어. 엄. 마. 비록 고양이 언어는 잊혔지만, 여러 날의 수고로 얻어진 인간의 언어.

다른 이에게 하나의 의미가 되기 위해 나는 그들의 언어를 얼마나 이해하려고 애써 봤는지. 나와 맞지 않는 이가 보이면 마음의 선부터 긋고 시작하진 않았는지. 수많은 사람들이 자신만의 언어로 살아간다면 우리 사는 세상은 어떻게 될지. 갑자기 아찔해진다.

루이, 베리가 배워 익힌 인간 언어로 고양이가 아닌 건 아니듯이, 내가 다른 이의 언어를 익힌다고 나를 잃는 건 아닐 것이다. 하지만 분명한 것은 내가 다른 이의 언어를 익히게 된다면 나는 그의 특별한 의미가 되고, 그도 나의 특별한 존재가 될 것이다. 루이, 베리가 그랬듯이 말이다.

'길들인다'는 게 무슨 뜻이야?
관계를 맺는다는 뜻이야.
네가 날 길들이면 우린 서로 필요해진단다.
우리는 자기가 길들인 것만
진정으로 알 수 있어.
길들이려면 어떻게 해야 하는데?

인내심이 필요해. 언어는 오해를 낳거든.
그래도 날마다 내게 조금씩
더 가까이 와서 앉아.
너는 나에게 이 세상에
단 하나뿐인 존재가 되는 거고,
나도 너에게 세상에
하나뿐인 유일한 존재가 되는 거야.

-생텍쥐페리, 『어린 왕자』 중에서-

하인이요?
집사요?   캔 따개요!

"고양이를 왜 키우게 됐어?"

강아지 키우는 지인이 집에 놀러 와 멀뚱거리는 고양이를 보고 처음 했던 말이다. 똥꼬 발랄한 강아지만 보다가 전혀 딴판인 생명체가 당혹스러웠던 건지, 궁금증이 일었던 건지 친구가 내게 물었다.

'음, 고양이는 참 오묘한데 말이지. 그러니까 고양이는 매력이 넘치는데 말이야.'

키워 본 사람만 아는 세계다. 설명해 보려 해도 고양이에 빠진 마음의 깊이를 온전히 전하기도 어렵다. 그러고 보면 강아지 보호자는 보통 견주로 불리는 데 비해 고양이 보호자는 집사로 불리는 게 일반적이다. 고양이를 키우는 일본 인은 하인으로, 독일인은 캔 따개로, 중국인은 똥 치우는 관직으로 불린다고 하니, 각 나라의 사정도 별반 다르지 않아 보였다. 이쯤 되면 고양이가 배은망덕하게 여겨질 법도 한데, 이런 불효막심한 녀석들을 보고만 있어도 실실 웃음이 나오니 내 웃음주머니에 이상이 생긴 걸까?

"루이야, 베리야, 엄마 왔다."

외출 후 집에 돌아오면 어느 날은 두 고양이가 현관까지 나와 기다리고 있다가 '어디 갔다 이제 왔냐옹.' 하고 말하듯 정신없이 내 주위를 빙빙 돈다. 또 어느 날은 내가 다가가도 마치 생판 처음 보는 사람인 양 있던 자리에서 끔뻑끔뻑 바라보기만 한다. '잘 다녀왔으면 됐다옹. 들어와, 집사야.'라고 하듯이.

냉탕과 온탕을 오가는 고양이의 온도를 나는 어떻게 받아들여야 할까? 도대체 나를 어떻게 생각하고 있는 것이길래. 진짜 밥 주고 똥 치우는 하인으로만 여기는 거 아닌가? 서운한 마음이 스멀스멀 올라오려 할 때, 고양이의 입장에서 다시 생각해 보면 그리 섭섭할 일도 아니었다. 고양이는 대체로 사람을 덩치 큰 고양이로 본다. 자신을 잘 돌봐 주는 사람은 엄마 고양이로, 잘 놀아 주는 사람은 형제 고양이로 여긴다. 고양이에게 사람은 수직 관계가 아닌, 수평 관계인 것이다.

우리 아이들을 생각하니 고양이의 이런 행동이 이해가 되기도 했다. 어느 날은 온몸으로 고마움을 표현하다가도 또 어느 날은 온몸으로 심통을 부리는 아이들. 엄마이기에 표현할 수 있는 모습들을 고양이들도 똑같이 하고 있다고 생각하니 오히려 고맙기까지 했다.

'너희가 나를 진짜 엄마 고양이로 여기고 있었구나.'

좋은 건 좋다고, 싫은 건 싫다고 말하는 고양이의 화법. 솔직함이 때로는 불편할 수 있지만, 인간관계에서 가끔 꼭 필요한 방식이기도 하다. 배려한다며 억지로 참고 애써 괜찮은 척하다 보면 내 마음이 먼저 다칠 수 있다. 상대와 멀어지기도 한다. 그럴 바에는 솔직한 말 한마디가 서로를 더 잘 이해하게 만들지도 모른다. 상대에게 내 감정을 솔직하게 전달하는 건 어쩌면 나를 이해할 기회를 주는 건지도 모르겠다. 진정한 관계란 서로를 기쁘게 하려고 가면을 쓰고 있는 것이 아니라, 가면을 벗어도 함께 있어 줄 수 있는 진심이니까.

한 주가 시작되는 월요일 아침, 흐드러진 햇살이 창가를 서성이다 고양이 위에 내려앉았다. 따스한 햇볕 속에 나른한 꿈을 걷고 있는 고양이들.

"루이야, 베리야, 밥 먹자."

여전히 꿈쩍도 하지 않는 고양이들. 저들의 꿈나라는 얼마나 달콤하고 평화롭길래 밥조차 마다하는 걸까? 갓 내린 커피 향이 은은하게 코끝을 스치고 입술에 닿았다. 고양이 위에 앉아 있던 햇살은 집 안 구석구석을 다정히 쓰다듬었고, 나는 문득 이들의 꿈은 어떤 모습일지 상상해 보았다.

달콤한 나라? 사뿐사뿐 구름 위를 걷는 나라? 따뜻한 무릎 위에서 세상 걱정 없는 나라?

커피 한 모금을 기울이며, 녀석들이 깨어나길 기다리며 고양이의 세상을 헤아려 본다.

고양이의 속도,
그녀의   속도

"안녕하세요? 또 만났네요."

단정한 입매와 고운 눈꼬리를 가진 S. 한동안 우리는 자주 마주쳤다. 동선이 일정하게 겹쳤다. 일주일에 한 번은 수영장에서, 한 번은 도서관에서. 아마 S는 운동과 책을 좋아하는 사람 같았다.

그녀를 처음 본 건 둘째 아이의 초등학교 입학을 앞두고서였다. 7세에서 8세로 넘어가는 무렵, 아이들은 여전히 아기의 태를 잔뜩 달고 있었고, 엄마들의 몸과 마음도 덩달아 분주해지는 시기였다. 처음으로 타 보는 학원 버스를 어디에서 기다려야 하는지 알려 주기 위해 집 앞 버스 정류

장을 서성이고 있을 때였다. S의 아이도 같은 곳에 다닐 예정이었는지, 우리는 같은 장소에서 같은 모습으로 두리번거렸다. 그렇게 서성이다 마주친 눈빛과 몇 마디 오고 간 인사에 이 인연이 오래가지 않을 거라는 예감이 스쳤다. 짧은 대화 속 S의 교육 철학이 내게 크게 와닿지 않았기 때문이다. 시간은 앞으로 조금씩 나아갔고, 아이는 혼자서 버스를 타고 내려 집으로 돌아올 줄 아는, 어엿한 초등학생이 되었다.

그즈음부터 같은 아파트, 같은 동에 살면서도 S와 마주칠 일은 거의 없었다. 우리의 교육관이 다르듯 삶의 방식도 달랐고, 관심사마저 다르니 자연히 오가는 시간과 장소도 달라질 수밖에 없었다. 그런데 한동안 S와 나의 동선이 부쩍 포개진 것이다.

'수영을 시작했나? 책을 좋아했나?'

관심 밖의 일들이 눈앞에 어른거리자 작은 호기심이 피어났다. S도 비슷한 마음이었는지, 우리는 내친김에 약속을 잡고, 이틀 뒤 동네 카페에서 만나기로 했다.

나는 평소 S와 만나기로 했던 카페에 가는 걸 좋아하지 않았다. 가끔 쿠폰 선물이 들어오면 잠깐 들러 커피를 포장해 오긴 했지만, 그곳에 앉아 시간을 보내는 건 늘 부담스러웠다. 카페 안은 파도처럼 끝없이 몰려드는 사람들로 쉴 틈 없이 출렁이는 곳이었다. 점원들은 더 빠르게 몸을 휘저어 보지만, 그럴수록 늪에 빠진 몸은 아래로 아래로 잠식되어 가는 공간. 카페의 공기는 숨조차 편히 쉬기 어려울 만큼 빽빽했다. 아마도 여기저기서 들려오는 이런저런 소리가 카페 안의 밀도를 한층 무겁게 만들고 있는지도 모르겠다.

그곳은 S의 단골 카페라고 했다. 모퉁이 자리를 하나 발견한 우리는 마주 앉아 이야기를 나누기 시작했다.

"수영 좋아하나 봐요. 요즘 자주 만나네요."

"스무 살 때 잠깐 배웠는데 요즘 다시 시작했어요. 아이들은 수영 선수 같은데, 엄마만 못하면 좀 그렇죠."

이야기는 멈출 줄 몰랐다. 아이들의 수영 실력, 학원 이야기, 대치동에서 이사 온 배경, 이어서 S의 학창 시절과 부모 형제 이야기까지. 엉킨 실타래를 쥔 사람처럼 S는 두 시간 안에 모든 걸 풀어내려는 듯했다. 그래야만 우리 사이에 오가는 어색한 공기가 사라질 거라고 믿는 사람처럼.

S를 만나고 집으로 돌아오는 길, S에 대해 생각해 보니 떠오르는 단어는 오직 하나, '쓸쓸함'이었다. S는 외로움을

말하지 않았으나, 나는 분명히 들었고 보았다.

고양이는 처음 본 사람에게 쉽게 다가가지 않는다. 충분한 시간을 갖고 상대방을 지켜본다. 그가 나에게 무해한지, 유해한지. 그리고 천천히 다가온다. 고양이의 속도를 기다리며 내가 할 수 있는 일은 그저 바라보는 것뿐이다. 친밀해지기 위해 나섰다가는 속도만 되레 늦출 수 있다. 천천히 속도에 맞추어 마음을 주다 보면 어느샌가 고양이는 나와 가까운 곳에 있다.

누군가를 존중한다는 건 상대의 속도를 기다려 주는 일인지도 모른다. 나와는 다른 속도가 때로는 더디게 보일지라도, 쉼표 같은 시간은 결국 나와 상대를 다시 바라보게 만드는 순간이 된다.

그래서 기다림은
다른 이를 위한 배려 같지만,
꼭 그렇지만도 않다.
누군가의 속도를 배운다는 건
나의 속도를 재점검해 볼 수 있는
일이기 때문이다.
그런 시간이 차곡차곡 쌓여
끈끈한 사이가 되는 것은 아닐까.

찐친 만들고 싶다면
고양이처럼

고양이만큼 소리에 민감한 동물도 없다. 꿀잠 모드에 있다가도 부스럭대는 소리에 번쩍 일어나고, 밥을 먹다가도 콩알 굴러가는 소리에 후다닥 달려 나가기도 한다. 조용한 공간에서 함께 있다가 쫑긋 귀를 세운 고양이의 몸짓을 보고 있노라면, 나만 못 보는 허깨비를 본 건 아닐까 모골이 송연해지기까지 한다. 만약 우리가 고양이의 반의반만이라도 소리에 귀를 기울인다면, 우리의 삶은 어떻게 달라질까?

아이들과 글쓰기 수업을 하면서 생각을 나누고 듣는 건 필수 불가결한 일이다. 아이들의 다양한 생각은 수업을 활력 있게 만든다. 저마다의 시선이 모이면 글쓰기는 풍성해진다. 하지만 이런 관점이 때로는 상대를 피로하게 만들기도 한다. 생각이 달라서가 아니라, 말하고 듣는 태도가 바르지 못하기 때문이다.

"그런 생각을 하다니 참 훌륭하다. 그런데 J야, 친구 이야기에도 귀 기울여 주면 더 좋을 것 같아."

수업 중에 내가 여러 번 반복해서 하는 말이다. 하지만 돌아오는 아이의 대답은 늘 비슷하다.

"학교 선생님은 내가 발표 잘한다고 칭찬해요. 엄마도 발표 많이 하고 오라고 했어요."

빠르게 변화하는 시대에 목소리를 내야만 살아남을 것 같다. 그렇지 않으면 내 자리가 위태로워지고, 결국 사라질 것만 같다. 여전히 건재하다는 걸 보여 주기 위해 목소리를 높이라고 세상이 부추기는 것만 같다. 그런 와중에 돋보이는 이가 있으니, 조용히 친구의 이야기를 듣고 맞장구를 쳐 주는 아이들이다. 이런 아이들은 자기가 발표를 못했다고 실망하거나 주눅 들지 않는다. 그리고 자기 생각을 글로 풀어 나간다.

어른의 세계도 다르지 않다. 사람들이 모인 자리에서,

유독 자기 목소리만 울리는 사람이 있다. 그런 사람과 마주 앉았다가 돌아오는 길에는 몸이 축축 처진다. 때로는 그가 가엾게 느껴질 때도 있다. 외로워서였을까, 아니면 모임의 주인공이어야 한다는 마음 때문이었을까. 그것도 아니면 말하는 걸 멈출 수 없는 사람이어서였을까. 무엇이든 간에 남의 말은 듣지 않고 자기 소리만 부풀리다 보면, 결국 자기중심적인 마음으로 살아가게 된다. 그러면 관계는 점점 어긋날 것이다. 자아가 단단하지 못해 외부에서 자신을 찾으려 애쓰는 사람. 그런 이를 만날 때면 목소리로 스스로를 덮어씌우려는 것 같아 안쓰럽게 느껴진다.

'말하는 것만큼 듣는 것도 중요한데. 들어야 진짜 대화가 시작될 텐데. 진정 내 마음을 들어 주는 '찐'을 만날 수 있을 텐데.'

가을이 오기 시작할 무렵, 눈보다 귀가 먼저 반응하게 된 건 지방의 작은 도시로 이사를 오고부터다. 고운 빛으로 수놓인 나뭇잎에만 시선이 머물렀던 도시의 가을을 떠올리며, 같은 하늘 아래 살면서도 어디에 머무느냐에 따라 이처럼 감각이 달라질 수 있다는 사실이 새삼 놀라웠다.

고요한 밤이 찾아오면 귀뚤귀뚤 들려오는 자연의 소리.

아득한 소리는 어느새 자장가가 되어 마음을 안아 준다. 그리고 가을밤은 깊어 간다. 귀를 기울이니 들리지 않던 소리가 들려왔다. 진정한 가을의 정취는 보는 것보다 듣는 데 있다는 나만의 공식도 생겨났다. 앞으로 나에게 가을은 들음으로써 깊어질 것이다.

우리의 관계도 듣는 것으로부터 시작된다면, 작은 마음의 소리에도 귀 기울인다면, 진짜 관계는 거기서부터 싹트지 않을까? 말은 나를 드러내지만 들음은 우리를 이을 테니까.

하고 싶은 말은 조금 아끼고, 듣는 것에는 빠르게 반응해 봐야겠다. 고양이처럼.

멀지도,
가깝지도 않은   자리

　　　　　　　이사 간 집으로 친구가 놀러
왔다. 오랜만에 만난 친구는 고양이를 보자마자 반가움의
표시로 녀석의 등을 쓰다듬었다.

"베리, 잘 지냈어?"

친구의 다정한 행동을 바라보고 있던 그때, 느닷없이 베
리가 친구의 손등을 할퀴었다. 안 그랬던 녀석이 최근 들어
낯선 사람에게 날을 세웠다. 친구는 그전에도 베리와 여러
번 만난 사이라 나는 마음을 놓았었다. 무방비 상태였던 친
구의 손등에 선명히 피가 맺히자, 가슴이 철렁 내려앉았다.
나는 미안해서 어쩔 줄 몰라 했다. 말귀를 알아듣는 아이

도 아니고 일부러 그런 것도 아니지만, 내 잘못처럼 느껴졌
다.

순둥순둥한 루이도 다르지 않다. 배를 보이며 온갖 애교
를 부리다가도 어느 순간 발톱을 드러낸다.

'가까이 오지 마라옹. 이건 싫다옹.'

그르렁그르렁 골골송을 부르다가 돌연 고양이가 태도를
바꾸는 순간, 내 동작은 멈칫한다. 고양이에게는 다정함과
날카로움의 두 얼굴이 공존하는 것이다. 그래서 우리는 너
무 멀지도 너무 가깝지도 않은 거리에서 서로를 바라본다.

아이를 키우는 것도 고양이를 대하는 것과 닮아 있다.
다정한 쓰다듬음이 필요하지만, 때로는 발톱처럼 단호한 선
이 필요하다. 세상 속에 아이 스스로 설 수 있는 존재가 되
도록 돕기 위해서다. 잘못된 행동을 무턱대고 감싸 주는 건
사랑이 아니라, 아이를 망치는 지름길이 된다. 너무 가깝지
도 너무 멀지도 않은 자리에서 나는 아이에게 손을 뻗는다.

간혹 자녀와 자신을 동일시하는 부모를 만날 때가 있다.
그것만큼 서로를 옥죄는 일도 없을 것이다. 나와는 전혀 다
른 인격체를 내 기준에서 판단하려 드니 마음에 드는 것보
다 모자란 것이 더 눈에 띈다. 어릴 때는 부모의 뜻을 따라

가는 듯하나, 조금만 자립할 나이가 되면 아이는 부모의 그늘에서 벗어나려 발버둥을 친다. 서로의 감정이 상하고, 근본적인 관계가 무너지는 것이다. 부모 자식 간에 관계가 흔들리는 것은 적당한 거리를 유지하지 못했기 때문이다.

나와 가까이 지내는 지인들을 떠올리면 비슷한 점이 있다. 그건 가깝지도 멀지도 않은 자리에 있다는 것이다. 나는 딱 그만큼의 거리에서 관계의 편안함을 느낀다. 허물없이 지내면 좋을 것 같지만, 허물없음은 언제든 허물로 바뀌어 서로를 상처 낼 수 있다. 너무 먼 거리에서는 친밀함이 사라져 관계가 이어질 수 없다. 결국 '가깝지도 멀지도 않은 거리'가 나와 상대가 함께 지켜야 할 자리가 아닐까 싶다.

오늘도 고양이는 귀여운 외모와 애교를 장착한 채 내 곁에 있다. 하지만 그에게는 날카로운 발톱도 있다. 가까워지면 다정함은 언제든 날카로운 할큄으로 바뀔 수 있다는 것을 알기에 나는 늘 적당한 거리를 지킨다.

한 걸음의 간격이

우리를 오래도록 잇는 끈임을 알기에.

낯선 동네로 이사 온 첫날, 이웃들과 정을 나눠 볼까 싶어 아파트 커뮤니티 채팅방에 들어갔다. 동네 소식도 듣고 사람 냄새도 느껴 보고 싶었던 첫날. 뜻밖의 말에 나는 얼어붙고 말았다.

'요즘 아파트 공부방에 개, 고양이를 왜 이렇게 키우는 거예요? 상담하러 가면 개 뛰어다니고, 고양이 점프하고. 공부방은 반려동물 키우면 안 되는 거 아닌가? 양심 없게.'

고양이와 함께 공부방을 운영하는 나에게 여과 없이 날아든 한마디. 순간, 마음이 철컥 굳어 버렸다. 나는 단톡방을 조용히 나왔다. 마음 한구석에 씁쓸함이 고였다.

‘개, 고양이를 키우는 공부방이 생각보다 그렇게 양심 없
지는 않거든요.’

보송보송 보드라운 털, 뾰족 솟은 귀, 쿡 눌러 보고 싶은
말캉한 발바닥. 알면 알수록 빠져드는, 말 한마디 없이 위
로를 건네는 생명체. 그런 존재가 누군가에게 상처가 될 수
있다는 건 상상조차 하지 못했다.

"K야, 무슨 일 있니? 수업에 집중을 못 하네."

"봄에 늘 그래요. 꽃가루 알레르기가 심해서요. 집에 가
서 안약 넣으면 돼요."

그렇게 말하던 K는, 나뭇잎이 짙어지고 햇볕이 따가워지
는 계절에도 여전히 눈을 비비고 코를 훌쩍였다. 계절이 변
해도 아이의 눈가는 늘 촉촉했고, 작은 몸은 어딘가 불편
해 보였다.

전화 상담이나 대면 상담이 이루어질 때, 내가 꼭 빠뜨
리지 않고 묻는 한 가지가 있다.

"혹시 아이에게 고양이 알레르기 있나요?"

수업을 함께하고 싶은 마음이 아무리 크다 해도, 고양이
가 생활하는 공간에서의 수업은 아이의 건강에 영향을 줄
수 있기에 신중하게 질문을 건네야 했다.

일상의 공간이 일터로 바뀌는 순간, 안락했던 집은 어느새 긴장이 감도는 장소가 된다. 수업 시작되기 전, 고양이들이 방으로 들어가면 나는 청소기와 소독제를 들고 집 안을 한 바퀴 돈다. 혹시라도 아이들에게 알레르기 반응이 생기지 않도록 수업만큼이나 청결에 온 신경을 쏟는다. 나에게 청소 타임은 단순한 준비가 아니라, 지켜야 할 책임인 것이다.

K의 고양이 알레르기 증상은 수업을 시작한 지 몇 개월이 지난 후 서서히 드러나기 시작했다. 처음엔 봄철 꽃가루 탓인 줄 알았지만, 아이는 계절이 바뀌어도 자꾸만 눈을 비볐다. 가려운 눈을 어쩌지 못해 자주 깜빡이고, 콧물이 나는지 연신 코를 훌쩍였다. 아무리 청소를 열심히 하고, 수업 시간에 고양이를 격리한들 K의 증상은 나아질 기미가 보이지 않았다. K의 눈이 붉어지면 내 신경의 가닥가닥이 들고 일어났다.

"어머님, K가 고양이 알레르기가 있는 것 같아요. 수업 중에 고양이와 접촉하지 않아도 증상이 계속 나타나네요."

K 엄마에게 나는 조심스럽게 전화를 걸었다. 잠깐의 정적 끝에 돌아온 목소리는 의외로 부드러웠다.

“네, 선생님. K에게 고양이 알레르기가 있어요. 고양이를 좋아해서 말하지 못했나 봐요. 앞으로는 수업 전에 알레르기약을 먹여 보낼게요. 안약도 처방받았어요. K는 선생님 수업을 무척 좋아합니다. 고양이도요.”

예상치 못한 반응에 나는 잠시 말을 잇지 못했다. K의 건강을 위해 수업을 종료해야겠다는 결심으로 건 전화였다. 하지만 아이는 그 후로도 약을 챙겨 먹으며 꿋꿋하게 자리를 지켜 냈다.

너와 나의 노력으로 함께 헤쳐 나가 보자. 고양이는 방으로 들여보내고, K가 오기 전에는 창문을 활짝 열어 집 안 공기를 한바탕 바꾼다. 청소기로 꼼꼼히, 물걸레로 청결히. 소독제로 말끔히. 별빛을 닮은 K의 맑고 빛나는 눈동자를 위하여. 나의 노력이 너에게 가닿고 너의 노력이 나에게 내려앉는, 사람과 사람이 만나는 시간을 위하여.

여전히 고양이가 보고 싶은 아이들은 묻곤 한다.

“선생님, 고양이 키우시죠? 캣타워는 있는데 고양이가 없네요. 고양이 보고 싶어요.”

아이들의 이런 난감한 질문에 나름의 원칙을 세워 두었다. 고양이를 좋아하고 알레르기도 없으며 수업에 성실한 아이들에게는 수업이 끝난 뒤 한 번씩 고양이를 보여 준다.

'공부방 선생님이 무턱대고 수업 시간에 개, 고양이가 뛰어다니게 두지 않아요. 수업 분위기가 흐트러지면 누가 제일 힘들게요?'

반려동물을 키우며 공부방을 운영하는 선생님들은 부지런하고, 어쩌면 조금 더 다정한 분들일 거다. 아마도.

그루밍,
마음을   빗질하는 시간

　　스무 살이 되던 해에 친구 중 하나가 가장 먼저 한 일은 성형 수술이었다. 작은 눈은 쌍커풀로 두 배는 커졌고, 뭉툭한 코는 칼날처럼 날카로워졌다. 인상이 확 바뀐 것이다. 분명 예뻐졌는데 나는 친구의 모습이 어색해 보였다. 처음엔 바뀐 얼굴이 낯설어서 그러겠거니 했지만, 시간이 지나도 어색함은 좀처럼 나아지지 않았다. 처음이 어렵지, 친구는 계속 얼굴에 손을 대기 시작했다. 관상은 과학이라던데 친구의 얼굴은 의학의 손을 빌릴수록 물리적으로 변해 갔다.

　　고양이를 처음 키우며 신기했던 일은 녀석들이 스스로

를 단장한다는 사실이었다. 깨어 있는 시간의 절반은 털 고르기에 힘쓰니, 고양이와 그루밍은 떼려야 뗄 수 없는 관계였다. 밥을 먹은 뒤에는 입 주변을 말끔히 정리하고, 이어 얼굴과 몸통, 발가락 사이까지 빠짐없이 다듬는다. 그래서 고양이는 따로 자주 씻길 필요가 없는 동물이다. 자세히 들여다보면, 그루밍은 위생만을 위한 행동이 아니었다. 까끌까끌한 혀로 핥아 주며 애정과 신뢰를 나누고, 가족이 곁에 있다는 안도감을 표현하기도 했다. 때로는 긴장하거나 불안할 때, 심지어 무안한 순간에도 털을 고른다.

나는 가끔 고양이가 그루밍을 하는 모습을 바라보며 시간을 보낸다. 물멍, 불멍 대신 냥멍인 것이다. 어쩜 저리 쉬지 않고 자신을 단장하는 것인지. 냥멍을 하다가 생각이 마음 안에 머물렀다. 고양이의 그루밍처럼 내 안을 가꿔 보면 어떨까. 하루 동안 살아가며 알게 모르게 묻어난 마음의 먼지를 깨끗이 청소할 수만 있다면 내면도 반짝반짝 빛나지 않을까.

외모를 중시하는 사회에서 겉모습을 가꾸는 일은 어쩌면 당연한 일일지도 모른다. 가장 먼저 눈에 들어오는 부분이니 무시할 수가 없다. 하지만 아무리 화려하게 치장했더라도 마음이 닿지 않는 사람들이 있다. 내면을 돌보지 않는 사람들이 그러하다. 이들과 대화를 나누다 보면, 서로의 말이 마음에 닿지 못한 채 허공으로 팅겨 나가곤 한다. 진정 아름다운 사람은 외모만큼 내면도 함께 가꾸는 사람일 것이다. 겉이 화려해 잠시 눈길을 끌 수 있으나, 속이 비어 있는 상대와는 오래 머물고 싶지 않다.

어떻게 하면 외모만큼 내면도 가꿀 수 있을까? 나의 부족함을 인정하되 외면하지 않는 것, 누군가를 진심으로 대하는 것, 짧지만 자주 생각이 머무는 것. 습관처럼 마음을 닦아 내는 시간이 차곡차곡 쌓일 때, 비로소 내면의 빛이 얼굴 위로 번져 나오지 않을까.

친구의 성형 수술 사랑은 끝이 없었다. 돈을 버는 족족 외모에 투자했고, 얼굴은 나날이 화려해졌다. 그런데 친구가 외모에 집착할수록 마음의 밭은 점점 황폐해졌다. 새로운 시술이 끊임없이 개발되어, 외모에 대한 만족이 쉬이 찾아오지 않았기 때문이다. 삶의 균형까지 흐트러지는 친구의 모습이 안타까웠다. 정작 중요한 걸 놓치고 사는 친구의 모습이.

고양이의 그루밍을 지켜보며
우리 삶에 놓쳐서는 안 될 빗질은
과연 무엇인지 생각해 본다.

하루의 절반을 공들여
자신을 가꾸는 고양이처럼
우리도 마음을 부지런히 가꾼다면
분명 썩지 않는 아름다움으로
반짝일 것이다.

책 읽고
멍때릴   자유

　　　　　　일주일에 한두 번, Y의 엄마
는 어김없이 나에게 연락을 해 왔다. 어느 날은 음성 전화
로 어느 날은 긴 문자 메시지로. 아이 공부가 잘 안된다 독
해력이 부족한 것 같다는 얘기를 꺼내며 상담을 청해 왔는
데, 솔직히 말하자면 나도 내 아이에게 그렇게까지 열정을
쏟아 본 적이 없다. 국어 관련 상담은 그렇다고 치자. 왜 동
네에서 괜찮은 영어학원은 어디며, 과학학원은 어디냐고 묻
느냐는 말이다. 정녕 나도 모르겠는데. 아이는 여러 학원을
전전하다가 밤늦게 귀가한다고 했다.

　"집에 가서 뭐 해?"

"숙제요. 그리고 책 읽어요."

"책 좋아해?"

"음……. 그냥 읽어요. 안 읽으면 엄마한테 혼나요."

피곤에 절어 있는 아이의 표정과 말투. 좋아서 책을 읽는 게 아니라, 시키니까 읽는 아이. 읽고 싶은 책을 읽는 게 아니라, 읽어야 하는 책을 읽는 아이. 책은 아이에게 부담이었다. 책은 끝까지 함께하는 친구 같은 존재이기에 억지로 읽히는 것보다는, 아이가 좋아하는 책을 직접 골라 여러 번 읽어 보면 좋겠다고 속마음도 전해 보았다. 하지만 내 말을 들은 것인지, 안 들은 것인지. 듣지도 않을 이야기를 들을 거면서 왜 그렇게 전화하는 것인지. Y 엄마와 전화를 끊고 나면 입안에 머문 씁쓸함이 온몸으로 퍼져 잠시 버퍼링이 걸린다.

아이 엄마는 책을 많이 읽히면 문해력이 따라올 거라 믿는 것 같았다. 책 한 권을 읽고 나면 꼭 독후감을 쓰게 하고 내용을 질문하고 모르는 단어를 따로 외우게 한다고도 했다. Y와 처음 상담하던 날, 아이 엄마가 가지고 왔던 빽빽한 독서 기록장이 떠올랐다. 쓰기 싫어 억지로 써 내려간 흔적이 선연하게 남아 있던 아이의 노트. 생각보단 줄거리쓰기에 매달려 기계처럼 쓴 문장들. 이렇게 하는데 왜 문해력이 안 느는지 모르겠다며 Y 엄마는 진심으로 답답해했고, 같은 말을 하는 나도 진심으로 갑갑했다.

그녀가 그토록 열망하는 아이의 문해력은 왜 올라가지 않을까? 이렇게나 발버둥 치는데. 그건 너무 많이 시켜서다. 문해력은 머릿속에 책이 가득 찼을 때 생기는 게 아니라, 책 한 줄 읽고 가만히 누워 멍하게 천장을 바라볼 때 생긴다고 믿는다. 생각이 풀어지고 감정이 머무르고, 문장이 뇌에 스며드는 느슨한 순간에 문해력이 자란다고 믿는다. 하지만 많은 엄마들은 그 '멍한 시간'을 마뜩잖게 생각한다. 아이가 멍하니 있으면 불안하고, 뭔가 시켜야 안심이 되기 때문이다. 자녀가 아무것도 안 하고 창밖을 보는 모습을 그냥 두지 못하는 거니까. 그럴 때면 나는 고양이 베리를 떠올린다. 베리는 하루의 절반 이상을 멍때리며 보낸다. 창문 틈에 낀 먼지를 바라보다가, 아무 일도 없다는 듯 스르르 잠이 든다. 캣타워에 온종일 앉아 창밖을 쳐다보다 한 번씩 자세를 바꿔 가며 시간을 보내기도 한다. 아무것도 하지 않는 것이 하루의 중요한 임무인 것처럼.

그렇게 멍하게 시간을 보낸 후에 베리는 기가 막히게 정확하다. 누가 현관문 앞에 오는지도 알아채고, 밥 줄 시간이 되면 나보다 먼저 그릇 앞에 앉아 있기도 한다. 내가 깨어나는 시간, 자는 시간, 외출하는 시간까지 모두 알고 있다. 나는 그런 베리를 볼 때마다 생각한다.

'이 느긋한 생명체는 어떻게 이렇게 영민하지?'

어쩌면 문해력이라는 것도 그런 게 아닐까. 책을 붙잡고 씨름한다고 길러지는 것이 아니라, 책을 덮은 뒤 멍하게 있는 시간 속에 피어나는 생각과 감정의 여백.

아이는 생각할 틈이 없었다. Y가 여유를 가질 수 있다면 얼마나 좋을까. 아무것도 하지 않아도 되는 오후, 책 한 줄 읽고 누워서 문장을 천천히 떠올릴 수 있는 시간을 만끽한다면 아이의 문해력은 어떻게 될까? 아이는 결국 수업을 그만뒀다. 체계적인 커리큘럼이 있고, 정독 훈련과 독서 기록장도 꼼꼼하게 지도해 주는 책 읽기 전문 학원으로 옮겼다. 씁쓸한 마음을 다잡고 있는데 창밖을 보던 베리가 나에게 시선을 돌린다.

'이제 그만 생각하고, 집사도 멍때려라옹.'

그런 눈빛을 장착한 채.

Y가 언젠가
아무것도 하지 않는 멍한 시간을
사랑하게 되기를.
아무것도 하지 않는 시간이야말로
진짜 문해력이 자라는 땅이라는 걸
알게 되기를 바라며
집사도 멍 타임을 가져 본다.

　　　　　　"엄마, 요즘 스트레스 받는 일 있어? 좀 예민해진 것 같은데."

　걱정스럽게 묻는 아들의 말에, '네가 방학이라 그렇지.'라는 속마음은 꾹 눌러 담고, 거름종이에 찌꺼기를 걸러 내듯 뱉은 말,

　"요즘 엄마가 소음 때문에 힘들다."

　아침부터 두 시간째 또렷이 들려오는 윗집의 처량한 리코더 소리와 아들과 딸의 오가는 언쟁은 누가 더 처절한지 대결하려는 듯, 아니면 조화를 이루려는 건지도 모를 부조화 속에 내 스트레스 게이지는 야금야금 올라갔다.

아이들의 겨울방학이 오기 바로 전이었다. 나는 윗집으로부터 흘러 내려오는 미세한 소리를 듣고야 말았다. 어느 날은 트로트를, 어느 날은 민요를, 또 어느 날은 최신 가요를 윗집 아주머니는 리코더로 주야장천 불러 댔다. 아주머니라고 어렴풋이 추측하는 이유는 윗집 아저씨가 아침에 나가고부터 소리가 시작되었기 때문이다. 아침에 엘리베이터에서 아저씨를 한두 번 마주친 적이 있다. 물론 백 프로 확신은 금물이다. 때마침 아저씨가 쉬는 날일 수도 있고, 직장을 그만둔 날일 수도 있으니까. 어쨌든 그날도 그녀 혹은 그는 신명 나는 로제의 '아파트'를 리코더로 재해석 중이었다. 고요 속에 퍼지는 로제의 '아파트'가 이렇게나 구슬픈 곡이었는지 이전에는 미처 몰랐다. 정적을 깨는 리코더 소리는 처음에는 한 시간, 두 시간…… 그러다가 점차 점심에도, 때때로 늦은 저녁에도 들려왔다. 마치 한 보따리의 한을 품은 여인이 시도 때도 없이 주술을 읊조리는 것처럼.

나는 한이 서린 리코더 명인의 아랫집에 사는, 고요를 사랑하는 사람일 뿐이다.

리코더의 환청이 어디서든 들릴 때쯤 아이들의 방학이 시작되었다. 성별이 다르면 말도 잘 붙이지 않는다던데, 이들은 사이가 그리 좋은 것도 아닌데 늘 붙어 있었다. 사랑해서 붙어 있는 사이라면 언성이 오가지 않을 텐데, 이들은 '필요' 때문에 붙어 있으니 '불필요한 말'이 넘쳐 났다. 그럴수록 내 스트레스 게이지는 속절없이 올라갔다.

하루 세 끼 밥을 차리는 일보다 아이들이 쏟아 내는 소음을 견디는 게 더 힘겨웠으니, 언제부터 내가 이렇게 소리에 예민한 사람이었나.

학창 시절에 나는, 친구와 함께 있다가도 어색한 침묵이 불편해 미리 할 얘기를 준비해 뒀던 아이였다. 둘보다 셋이, 셋보다는 넷이 만나는 모임이 더 편안했으며, 이야기가 끊기면 겸연쩍어 재빠르게 화제를 돌리는 것도 나였다. 왜 나는 침묵이 흘러가게 두지 못했을까? 그때는 침묵의 즐거움을 헤아릴 수도 없는 어린아이였는지 모른다. 단지 순간의 정적이 두려워 시끄러운 아이였던 게지. 소란스러운 말 때문에 몸과 마음은 늘 긴장한 채로 있었으면서도 말이다. 그렇게 나는 어른이 되었다. 물론 지금은 아무 말이고 나서지 않아도 다가오는 고요를 편안히 여기는 어른이 되었다.

어른의 행복은 고요 속에서 피어난다는 보석 같은 진리를 깨닫게 된 건 고양이와 살아가면서부터다. 고양이는 특별한 일 아니면 큰 소리를 내는 법이 없다. 몇 시간째 보이지 않아 온 집 안을 뒤적이면, 어디선가 하품 한 번 길게 하며 느릿하게 나타나는 고양이들.

'집사야, 무슨 일 일어났냐옹? 오랜만에 꿀잠 자는 중이었는데옹.'

온 사방이 리코더 소리에 사무치고 아이들의 불붙는 언쟁 가운데서도 자기의 평화를 놓지 않는 고양이들.

'쟤네들은 왜 또 시작이래. 오늘은 집사가 어떤 간식을 줄까냥?'

어떠한 상황 가운데서도 크게 휩쓸리거나 동요되지 않는 고양이들은 어쩌면 나와는 다른 마음의 데시벨로 세상을 살아가는지도 모르겠다. 세상 소리를 걸러 내는 자체 필터가 고양이 안에 들어 있어, 혼돈 속에서도 저렇게 태연할 수 있는 것이리라. 가만히 고양이를 바라보고 있으면 마음의 소음은 낮아지고, 마음이 전해 주는 소리가 들리는 듯하다. 그렇게 마음 여행을 하고 나면 잔잔한 평화가 찾아온다.

요즘 내 스트레스 게이지가 상승한 건 어쩌면 고양이와 같은 마음의 데시벨을 갖고 있지 않은 일개 인간이기 때문일지도 모른다. 어른의 평화는, 어른의 행복은 고요 속에서 피어나는 것인데 말이다.

길고도 아득했던 방학이 드디어 끝이 났다. 아이들의 걸음은 다시 학교로 향했고, 나에게도 잔물결 같은 안온이 찾아왔다. 한이 서린 명인의 리코더 사랑은 여전히 건재하다. 그런데 달라진 건 내 마음이었다. 마음의 소음이 줄어드니 세상 소음이 그리 크게 느껴지지 않았다. 오히려 리코더 명인의 대단한 연습량에 묘한 존경심마저 피어났다. 며칠 전에는 리코더 명인이 파헬벨의 '캐논 변주곡'을 멋들어지게 연주하여, 나는 하던 일을 멈추고 귀를 기울였다. 역시 먼저 살펴야 할 것은 바깥이 아니고 안이었다. 어쩌면 공황이란 것도, 마음 안에 머물던 소음이 차올라 결국 밖으로 흘러넘친 결과인지도 모르겠다.

세상의 데시벨을 낮출 수 없다면 마음의 데시벨을 낮춰 봐야겠다. 행복한 어른이 되기 위해서 말이다.

다정함은
고양이처럼 온다

변덕스러운 봄날이 이어졌다. 반팔 티를 입겠다는 아이를 간신히 달래고, 먼저 집을 나섰다. 학부모 교통 봉사는 유난히 순서가 빨리 돌아오는 것 같다. 분명 일 년에 두세 번뿐인데도 말이다. 약간은 번거로운 일이지만, 나만 빠질 수는 없는 노릇이다. 전교생 부모가 돌아가며 비가 오든 눈이 오든 같은 자리를 지키기에 아이들의 아침이 조금 더 안전할 테니까.

며칠 사이 날이 풀려 방심했는데, 바람은 의외로 매서웠다. 겉옷을 한 번 더 여미고 학교로 향했다. 건널목 앞엔 이미 서너 명의 아이들이 서 있었다. 누가 시키지 않았지만,

쭈뼛쭈뼛 어색하게 팔을 벌려 교통지도를 시작했다. 바람이 옷깃 사이로 파고들어 나도 모르게 몸이 움츠러들었다. 그때, 안전지킴이 선생님이 조용히 다가왔다. 뭔가 어설퍼 보였나 싶어 멋쩍은 웃음을 지으려던 찰나, 그녀가 말했다.

"춥죠? 이거 하세요."

"아, 괜찮은데요."

"오늘 바람 세요. 목부터 따뜻해야 해요."

그녀는 망설이지 않고 두르고 있던 목도리를 내게 건넸다. 몇 번이나 사양했지만, 그녀는 환하게 웃으며 목도리를 내 손에 꼭 쥐어 주고 제자리로 돌아갔다. 그리고 신호를 기다리는 아이 한 명 한 명에게 인사를 건넸다. 그녀의 목소리에는 세월을 지나오며 다져진 배려가 깃들어 있었다.

"안녕? 좋은 아침이야."

"어제보다 오늘 더 멋지다."

진심이 담긴 그녀의 말투에 어떤 아이는 수줍게 인사를 돌려줬고, 어떤 아이는 부끄러운 듯 고개를 푹 숙인 채 지나갔다. 그럼에도 선생님은 끝까지 웃으며 손을 흔들었다. 등굣길 다정한 인사와 응원을 건네받은 아이들의 마음은 어떤 모양일까? 내 마음에는 온기가 모락모락 피어올랐다.

따스함에 힘입어, 나는 조금 전보다 팔을 더 넓게 벌리며
아이들에게 인사를 건넸다.

포근한 풍경을 바라보다 문득, 우리 집 고양이 베리가 떠
올랐다. 평소에는 사람 손을 피해 다니면서도, 내가 정말
힘들 땐 어느새 다가와 조용히 곁에 앉아 있는 녀석. 말 한
마디 없이, 소리도 없이, 다정하게 위로를 건네는 존재. 어
쩐지 안전지킴이 선생님의 모습에서 베리가 겹쳐 보였다.

교통 지도 시간이 거의 끝나갈 무렵, 잠이 덜 깬 얼굴로
터벅터벅 나타난 남자아이 하나. 지킴이 선생님은 반사적으
로 뛰어가 아이 손을 꼭 붙잡고 말했다.

"늦잠 잤나 보구나. 눈도 못 뜨네. 그래도 학교에 와 줘서
고마워."

'고맙다는 말이 이처럼 다정한 단어였구나.' 순간 마음의
온기가 차올랐다. 선생님은 아이 손을 잡고 건널목을 지나,
교문까지 함께 걸어갔다. 두 사람의 뒷모습이 햇살보다 따
사로웠다. 바람은 여전히 차가웠지만, 그녀의 미소는 움츠러
든 몸과 마음을 사르르 녹였다. 돌아오는 길, 자꾸만 웃음
이 새어 나왔다. 미소도 다정함도 분명 전염성을 지닌 감정
이리라. 나는 정다운 마음을 오래 붙잡고 싶어, 집으로 곧

장 가지 않고 새로 생긴 샌드위치 가게로 향했다. 따뜻한 커피 한 잔과 햄치즈 샌드위치를 시켜 창가에 앉았다. 한 사람으로 인해 많은 이들의 하루가 훈훈해질 수 있다는 사실이 새삼 놀라웠다. 아마도 지나온 그녀의 하루에는 수많은 바람이 불었을 것이다. 어느 날은 온화한 바람으로 어느 날은 세찬 바람으로. 무수한 날들이 모이고, 흩어지고, 다시 모여 지금의 그녀를 다정하고 단단하게 만든 것이리라. 커피 한 모금은 몸을 노곤하게 만들었고, 샌드위치 한 입은 마음을 채워 주었다. 약간은 귀찮았던 교통 지도 덕분에 공짜로 얻은 따스함과 여유였다.

집에 도착하니, 베리가 현관 앞에 누워 있었다.

"너도 아침 교통 지도 나왔어?"

베리는 고개를 한 번 갸웃하더니 내 무릎에 올라와 털썩 안겼다. 정겨운 미소, 따뜻한 목도리, 고양이의 온기. 나도 오늘만큼은 조금 더 고양이처럼 살아 보련다.

억지로 다가가지 않되, 필요할 땐 곁에 있어 주는 사람으로. 말보다 따스함을 먼저 건네는 사람으로. 그렇게 누군가에게 다정한 존재로 남을 수 있다면, 잘 살아 낸 오늘일 것이다.

첫눈이 내리던 날,
카페 앞　붕어빵 가게

　　　　　　　　첫눈이 펄펄 내리던 날, 딸아
이와 전날 밤에 했던 약속을 지키기 위해 집을 나섰다.
　"엄마, 다이소 근처에 붕어빵 판대. 친구 말로는 거기서
초코 붕어빵을 파는데 엄청 맛있대. 사다 줄 수 있어?"
　예고됐던 첫눈은 예고되지 않은 것처럼 휘몰아쳤다. 폭
설로 마비된 세상 이야기가 인터넷 뉴스를 뒤덮었다. 자연
이 보낸 경고인가. 첫눈이 무섭다고 느낀 건 처음이었으니.
이런 날 나는 딸과의 약속을 지키기 위해 붕어빵 가게로 향
했다.
　'초코 붕어빵이라. 어떤 맛일지 궁금하군.'

눈 알갱이가 세찬 바람을 타고 뺨에 부딪쳤다. 우산을 쓰고 있었지만, 바람에 실린 눈 결정들은 점점 굵어져 몸 곳곳으로 파고들었다.

'으윽, 초코 붕어빵이고 뭐고 집에 돌아가고 싶다.'

붕세권(붕어빵을 파는 곳이 가까운 주거 지역)이 아닌 듯 맞는 듯 10분 정도 걸어가는 길은 예상보다 험난했다. 겨우겨우 도착한 붕어빵 가게 앞으로 줄지어 선 사람들이 보였다. 절망적인 모습에 동공이 잠시 흔들렸지만, 딸아이와의 약속을 지키기로 마음먹고 줄 서기에 합류했다.

'내 앞에 네 명이 있으니 얼마쯤 걸리려나?'

예상보다 길어지는 시간에 몸과 영혼이 점점 얼어붙어갔다. 겨울이 되면 붕어빵의 인기는 식을 줄 모른다. 왜 이 계절에 먹어야 제맛이 나는 것인지. 당근 마켓에서는 붕어빵 노점 위치가 어디 있는지, 일명 붕어빵 지도 정보를 제공한다고 하니 이쯤 되면 붕어빵을 대표 K-푸드에 합류해야 하지 않을까 싶을 정도다.

한국인들은 붕어빵을 왜 이렇게 좋아할까? 물론 달콤하고 부드러운 붕어빵은 냄새부터 맛있다. 요즘엔 다양한 속 재료를 넣어 먹는 재미가 배가 됐다. 치즈, 과일, 아이스크

림까지 속 재료로 사용한다. 한국인들의 창의력은 가히 대단하다. 이런 다양한 재료로 미각을 자극했다면, 붕어빵은 감성도 자극한다. '추억의 붕어빵'이라고 하지 않았던가. 붕어빵에 얽힌 추억 한두 개쯤은 누구나 가지고 있듯 붕어빵은 어린 시절의 따끈했던 기억을 소환한다. 라떼는 말이야…… 붕어빵이 아니고 풀빵이었다고. 고등학교 시절 집에 가는 길에 진지하게 묻던 친구의 표정!

"너는 풀빵이 좋아, 붕어빵이 좋아?"

붕어빵의 따스한 기억은 자연스래 오래전 인연들의 추억까지 불러 모았다. 함께 웃고 울며 마음을 나누던 사람들. 서로 바라만 봐도 즐거웠던 학창 시절의 친구들, 어리바리 신입 시절을 같이 이겨 냈던 회사 동기들, 엄마라는 낯선 이름 앞에서 함께 다독이던 조리원 동기들. 참 많은 인연이 다가왔고, 지나갔다. 잠시 곁을 스쳐 간 듯했지만, 마음속엔 여전히 따뜻하게 남아 있는 사람들. 붙잡으려 하면 멀어지고, 흘러보내면 비로소 의미로 다가오는 인연들. 어쩌면 내가 만난 인연들은 고양이와도 닮아 있는 듯하다. 곁에 두고 싶지만, 억지로는 안 되는 존재. 시절의 인연도, 겨울 붕어빵도 그러하다. 붙잡을 수 없기에 애틋하고, 다시 찾아오기에 반갑다. 찰나의 위로 같은 붕어빵처럼 짧고도 따스한 순간들이, 어쩌면 우리 삶에서 가장 오래 기억되는지도 모르겠다.

드디어 내 차례가 임박하여 포장마차 안으로 들어왔다. 노릇노릇 구워지는 붕어빵 냄새와 열기에 마음부터 녹아내리기 시작했다.

"사장님, 팥 붕어빵 네 개랑, 초코 붕어빵 다섯 개 주세요. 으윽, 너무 춥네요."

"밖에서 많이 기다렸죠? 어묵 하나 먹으면서 기다려요. 국물도 좀 따라 먹고."

"그냥 먹으라고요? 죄송스러운데……."

"어묵 팔려고 하는 거 아니에요. 손님들 주려고 하는 거지."

그때, 붕어빵 가게 뒤에 있는 카페 주인이 포장마차 안으로 들어왔다.

"자네도 어묵 하나 먹어. 카페에 손님은 많아? 눈이 와서."

"눈 때문에 손님들이 밖에 못 나가고 쪼르르 앉아 있네요. 허허. 저도 붕어빵 좀 주세요."

붕어빵 사장님과 카페 사장님의 정겨운 대화를 듣다 보니 어느덧 주문한 붕어빵이 완성됐다. 팥 반, 밀가루 반의 원칙을 고수하여 만들어 낸 사장님의 따뜻한 인류애에 다시 한번 존경의 눈빛을 아니 보낼 수 없었다.

아! 한국인들이 붕어빵을 좋아하는 이유 한 가지 더!

붕어빵 사장님을 통해 전달되는 따스한 정. 내가 누구인지, 요즘 어떤 고민에 휩싸였는지 일일이 말하지 않아도 푸근한 정으로 위로받고 용기를 얻는 느낌이 드니 붕어빵 가게는 한국인의 작은 쉼터쯤 되지 않으려나.

첫눈이 차갑게 내리던 오후, 따끈한 붕어빵을 가슴에 품고 집으로 향하는 발걸음이 새삼 가벼워졌다. 살벌한 얼음 알갱이가 여전히 얼굴을 스쳤지만, 기분 좋은 미소가 흘러나왔다.

파리 한 마리가 내 앞에서 얼쩡거렸다.
성가시게 날아다니는 통에 나는 몸을 날려 파리를 낚아챘다.

오랜만에 사냥했더니
피곤해서 잠이 쏟아졌는데,
이 집 아들이 귀찮게 날 깨웠다.

나는 슬슬 피해 다른 자리로 옮겼다.
한 번 자리를 잡으면 온종일도 잘 수 있다.
내 숙면 비법, 궁금하지 않아?

하나, 편한 곳에 자리 잡는다.
둘,   눈을 감는다.
셋,   잔다.
끝!

햇살도 적당하고,
잠자기 딱 좋은 하루다.

길 위의 다정함
그래서 살아

도둑고양이가
떠나간 자리

아홉 살 무렵, 내가 왜 저녁에 집을 나섰는지는 정확히 기억나지 않는다. 찌개에 넣을 두부를 사러 갔던 건지, 그냥 과자가 먹고 싶었던 건지. 어린 시절 우리 동네는 언덕을 따라 작은 골목들이 촘촘히 얽혀 있었고, 집들은 서로 기대듯 다닥다닥 붙어 있었다. 아이들이 혼자 심부름을 다니는 일은 흔한 일이었다. 그날의 나도 그중 하나였을 것이다. 해는 서둘러 몸을 숨겼다. 어둠은 틈을 타 골목으로 빠르게 덮쳐 왔다. 아홉 살의 겨울 저녁은 몸이 절로 웅크러질 만큼 차가웠다.

터덜터덜, 봉지 하나 달랑거리며 가게를 나선 길. 집으로 향하던 골목 어귀에, 누가 먼저 버렸는지도 모를 쓰레기 더미가 가게 앞 공터를 뒤덮고 있었다. 처음에는 한 사람의 시작이었을 것이다. 그러다가 점점 너 나 할 것 없이 온갖 것들을 버리는 통에 공터는 쓰레기 무덤이 되었다. 축축하게 젖은 비닐과 음식 찌꺼기로 뒤덮여 숨을 들이쉬는 것조차 꺼려지는 곳이 되었다.

‘다음부터 여기로 오지 않을 거야.’

마음을 다잡지만, 그곳은 가게로 가는 지름길이었으므로 나는 다음번에도 같은 길로 들어섰을 것이다. 콧잔등을 막고, 서둘러 쓰레기 무덤에서 벗어나려던 순간이었다. 서걱서걱, 부스럭. 낯선 소리가 내 발목을 붙잡았다. 무언가가 봉지 더미 아래서 움직였다. 순간 무서운 마음이 들었지만, 나는 가던 걸음을 멈추었다. 갑자기 검은 비닐봉지 한 귀퉁이가 느리게 들썩였다. 그러더니 봉지가 툭 터지며, 삼색 고양이 한 마리가 뒤에서 튀어나왔다.

“으악, 도둑고양이다!”

깜짝 놀란 나는 그대로 도망치면서도, 눈길은 계속 고양이에게 머물렀다. 기척에 놀란 고양이는 행동을 멈추고 나를 잠시 바라봤다. 그러고는 다시 고개를 돌려 봉투를 더

들었다. 내가 공터를 완전히 벗어나고, 다른 사람들이 지나가도 고양이는 계속 봉투만 뒤적거렸다. 며칠 뒤, 도둑고양이를 만날까 봐 주저하며 나는 다시 쓰레기 무덤 옆을 지나치게 됐다.

"어제 저기서 도둑고양이가 죽어 있었대."

쓰레기 더미 옆을 지나가는데 아이들이 하는 얘기가 들려왔다.

"삼색 고양이, 임신한 고양이잖아."

심장이 빠르게 요동쳤다. 혹시 내가 만났던 삼색 고양이를 말하는 건가? 낯선 인기척에도 달아나지 않았던 건 혹시 달아날 수 없어서였나? 아기를 품고 있어서. 살기 위해서? 그러고 보니 그날 본 삼색 고양이도 배가 조금 불러 보였던 것 같다. 고양이를 보고 화들짝 놀라 도망쳤던 내 모습이 부끄러웠다. 정말 내가 본 고양이였을까?

차가운 골목에서 배가 불룩한 채로 조용히 죽어 갔던 고양이. 누가 치웠는지, 어떻게 숨을 거뒀는지는 아무도 말하지 않았다. 그저 '도둑고양이 하나 죽었다'라는 말만이 동네 아이들의 입에서 오르내렸다. 나와는 아무 상관 없는 일처럼 아무 일도 아니었다는 듯이.

아홉 살 겨울날, 나는 공터 앞을 여러 번 지나갔다. 동네 아이들이 말하는 도둑고양이가 내가 봤던 고양이가 아니길 간절히 바라며 삼색 고양이의 흔적을 찾아다녔다. 눈은 쌓였다가 녹기를 반복했고, 바람은 귓불을 얼게 하다가도 이따금 봄 냄새를 데려왔다. 그렇게 계절은 조금씩 지나갔지만, 끝내 삼색 고양이는 볼 수 없었다.

내가 만난 삼색 고양이는 무언가를 포기한 눈빛으로, 그럼에도 포기할 수 없는 몸짓으로 쓰레기 더미에 머물러 있었다. 자기 자신을 지키는 것이 어쩌면 뱃속 아기들을 지키는 것이었으므로. 엄마가 된 지금, 어린 시절에는 생각지 못했던 것들이 다른 의미로 다가왔다. 몸이 약한 상태에서 나는 둘째 아이를 가졌다. 역시나 임신 초기부터 힘겨운 시간이 찾아왔다. 입원해야 했고, 퇴원한 뒤에는 살얼음을 걷듯 지내야 했다. 지친 눈빛으로 포기할 수 없는 몸짓으로 나는 쓰라린 시간을 견뎌냈다. 수십 년이 지나도 삼색 고양이의 모습이 또렷하게 떠오르는 것은 힘겹지만 살아가야만 했던 존재의 애처로움 때문일 것이다.

지난가을, 아파트 단지 동산에 사는 고양이를 보며 어린 시절에 잠시 스쳤던 삼색 고양이를 떠올렸다.

장대비 속에서도 동산에 사는 고양이를 찾아
헤맨 이유는, 오래전 겨울밤에 조용히 사라졌
던 존재를 다시는 잃고 싶지 않았기 때문인지
도 모른다.

딸아이에게서 갑작스레 연락이 왔다.

"엄마, 학교 수업 끝나고 친구랑 아파트 단지 안에 있는 동산에 잠깐 들렀다 갈게. 조금 늦을 수 있어."

수화기 너머로 들뜬 아이의 목소리가 느껴졌다.

"거긴 왜 가려고?"

"동산에 길고양이, 낙엽이가 산대. 친구가 낙엽이 보여 주고 싶대. 들렀다 가도 되지?"

아이는 허락을 받고, 급히 전화를 끊었다. 설렘을 안고 종종걸음으로 달려가는 아이의 뒷모습이 그려져 피식 웃음이 났다.

조금 뒤, 집으로 돌아온 딸아이는 예상대로 잔뜩 흥분한 목소리로 이야기를 쏟아 냈다. 낙엽이가 자기만 졸졸 따라다녔다며, 그렇게 순한 길고양이는 처음 봤다며.

주말 오후, 점심을 먹고 나서 가족과 함께 집 근처 저수지를 돌았다. 산책을 마치고 집으로 돌아가는 길에 딸아이가 머뭇거렸다.

"엄마, 낙엽이 보고 싶은데 우리 동산에 가 보자."

말이 끝나자마자 딸아이는 동산 쪽으로 뛰기 시작했다. 말릴 틈도 없이 아이의 뒷모습이 나무 사이로 휙 사라졌다. 서둘러 뒤따라가니 그곳에 길고양이 낙엽이가 있었다.

"엄마, 얘가 낙엽이야. 귀엽지? 낙엽아, 잘 있었어?"

노란 잎이 햇살에 머물다가 또르르 떨어져 길고양이 낙엽이 등 위에 내려앉았다. 낙엽이는 딸아이 주위를 한 바퀴 두 바퀴 뱅글뱅글 돌다가 나에게 다가와 다리를 연신 비벼 댔다.

"어머나, 네가 낙엽이구나. 반가워. 정말 귀엽게 생겼구나."

나는 낙엽이의 턱을, 머리를, 등을 조심스럽게 쓰다듬었다. 순한 아이였다. 길 위에서 태어나고 자랐을 텐데, 사람 손길을 피하지 않고 오히려 다정히 몸을 내어 주었다. 바람이 불자, 가을빛으로 물든 나뭇잎들이 소리 없이 길 위로 흩날렸다. 카펫처럼 깔린 낙엽 위를 길고양이 낙엽이가 사뿐히 걸어갔다.

* * *

아침저녁으로 공원을 걷는 게 습관이 된 요즘, 나는 걷기 위해 집을 나섰다. 늦가을 저녁 일곱 시는 빛보다 어둠이 먼저 세상을 장악했다. 어둠은 작은 빛조차 허락하지 않겠다는 듯 서둘러 가로등과 창가의 불빛을 집어삼켰다. 이내 비까지 내리기 시작했다. 처음엔 부슬부슬 내리던 비가 거센 빗줄기로 변했다. 축축했던 바닥이 빠르게 흥건해졌다. 어둠은 비를 타고 짙게 내려앉았다.

집으로 돌아갈까, 계속 걸을까 망설이다 방향을 틀었다. 불현듯 떠오른 기억 하나가 발걸음을 이끌었다. 어린 시절, 쓰레기 더미 속을 뒤적이던 삼색 고양이. 그때 느꼈던 낯섦과 안쓰러움, 고양이를 바라보던 시선까지 떠올랐다. 잰걸음으로 낙엽이가 사는 동산으로 향했다.

"낙엽아, 낙엽아."

혹시나 하는 마음으로 찾은 동산에 낙엽이는 없었다. 며칠 전까지만 해도 붉은 잎으로 덮여 있던 길은 질퍽한 흙탕물로 뒤바뀌어 있었다.

사뿐히 걷던 낙엽이의 발자국은 자취 없이 사라졌다. 바람에 흔들리는 나뭇가지에는 어둠만이 매달려 있었다. 나는 앙상한 그림자를 밟은 채 오래도록 멈춰 서 있었다. 어디선가 낙엽이가 나올 것만 같아서. 살랑대는 꼬리로 다가올 것만 같아서.

'낙엽아, 어디 간 거니. 잠시 비를 피해 있는 거지? 흙탕이 된 길이 마음에 안 들었던 거지?'

끝내 낙엽이는 나타나지 않았다. 다음 날 아침, 혹시나 하는 마음에 동산에 가 봤지만, 낙엽이의 모습은 어디에도 없었다. 흙탕물로 엉망이 된 자리가 마음에 들지 않았던 걸까. 익숙하던 낙엽 길이 초라하게 변해 버린 게 못마땅했던 걸까. 낙엽이는 한동안 모습을 드러내지 않았다.

딸아이에게 낙엽이를 봤냐고 물었지만, 어깨만 으쓱일 뿐 모르는 눈치였다. 하루에도 몇 번씩 고양이가 잘 있는지 마음이 쓰였고, 그렇게 걱정하는 내가 또 신경 쓰였다.

한참이 지나서야 낙엽이의 소식을 전해 들은 건 뜻밖에도 공부방에 다니는 아이로부터였다.

아파트 인싸가
나타났다

가을비는 몇 장 남지 않은 나뭇잎마저 떨어뜨릴 기세로 퍼부었다. 공기는 하루가 다르게 서늘해졌다. 그럴수록 내 마음의 근심도 깊어졌다.

'낙엽이는 어디로 갔을까?' 걱정에 잠겨 있던 그때, 수업이 시작되었다. 툭. 한 아이의 가방에서 추르 하나가 떨어졌다.

"너네 고양이 키워? 웬 추르야?"

"아뇨, 여기 동산에 사는 고양이, 밀크 주려고요."

"밀크? 낙엽이 아니고? 낙엽이를 봤어?"

아이는 고개를 끄덕이며 말했다. 고양이는 늘 동네 아이들에 둘러싸여 있는데, 그래서 저마다의 이름으로 고양이를 부른다며. 어떤 아이는 밀크, 어떤 아이는 밤이, 어떤 아이는 낙엽이. 그렇게 말한 뒤, 아이는 수줍게 웃었다. 무겁게 가라앉아 있던 내 마음도 살며시 올라앉았다.

'낙엽이가 돌아왔구나.'

예전에 살던 동네에도 작은 동산이 있었다. 아침저녁으로 걷다 보면 언뜻언뜻 눈에 들어오던 곳, 사람들이 잘 찾지 않는 그곳에 길고양이들이 둥지를 틀고 살고 있었다. 그해 겨울은 유독 매서웠다. 칼바람이 뼛속을 파고들고, 눈발은 하루가 멀다 하고 몰아쳤다.

나는 아이들과 함께 '우리 동네 탐방 프로젝트'라는 명목 아래 길고양이 집을 만들었다. 박스를 겹겹이 덧대고, 스티로폼을 끼워 넣고, 작은 문을 내어 매서운 바람을 막았다. 집 안에는 오래된 담요를 깔았다. 아이들은 어느 때보다 진지한 얼굴로 작은 손을 바삐 움직였다. 차가운 겨울 공기를 몰아내기라도 하듯 손끝마다 따뜻한 마음이 분주히 퍼져나갔다.

마침내 완성된 고양이 집을 들고 동산으로 가던 날, 그날도 눈보라가 몰아쳤다. 꽁꽁 싸매고 나섰지만 손과 볼은 금세 얼어붙었다. 박스 집을 조심스레 내려놓고, 우리는 한참을 서 있었다. 멀리서 까만 고양이 한 마리가 머뭇거리는 게 느껴졌다. 소박한 집 하나가 험난한 길묘생을 완전히 바꿀 수는 없겠지만, 잠시 추위를 피할 수 있는 쉼터쯤은 되어 주기를. 고양이 집을 동산에 놓고 돌아오는 길, 얼굴은 시렸지만 마음은 훈훈했다.

며칠 뒤, 고양이들이 작은 집을 잘 사용하고 있을까 싶어 동산을 다시 찾았다. 그런데 우리가 만든 고양이 집은 처참하게 부서져 있었다. 산산이 뜯긴 박스 조각들 위로 하얀 눈이 소복이 내려앉았다. 뜯겨나간 집의 흔적을 따라 시선을 돌려 보았다. 고양이는 보이지 않았다. 텅 빈 동산만이 겨울바람을 품고 있었다. 약한 생명에게 마음 한 줌 내어 주는 일이 그토록 어려운 일이었던 걸까. 아이들과 나는 말없이 한참을 서 있었다.

그런 기억 속에 낙엽이는 참 다행이었다. 아이들의 사랑을 받으며 살아가는 고양이, 우리 동네 작은 인싸, 낙엽이.

"엄마, 오빠랑 낙엽이한테 갔다 올게!"

시간이 날 때마다 딸아이는 낙엽이에게 다녀왔다. 사료를 챙기고, 쓰다듬고, 낙엽이가 잘 지내고 있는지 살폈다.

낙엽이를 볼 때면 우리가 처음 만난 계절이 떠오른다. 다홍빛 카펫이 깔려 있던 동산, 낙엽 위를 사뿐사뿐 걸어가던 낙엽이의 걸음. 햇살도, 바람도, 구름도 잠시 우리 곁에 머물렀던 어느 가을날의 오후.

나는 진심으로 바랐다. 붉은 카펫 위를 걷던 낙엽이의 묘생이 끝내 따뜻하고 고운 비단길이기를.

편의점 고양이,
주먹이

녀석은 좀 독특하다. 슬쩍 곁을 내주는가 싶다가도, 어느새 홱 돌아서 버리는 앙칼짐. 여느 도도한 아가씨의 모습과 닮아 있다. 아니, 풍채를 생각하면 위풍당당한 장군이 더 맞는 표현일지도 모르겠다. 길묘생에서 살아남은 고양이만이 티득한 비법일지도.

아파트 상가 1층, 남녀노소 방앗간 드나들듯 오가는 작은 편의점. 그곳에는 통통하게 살이 오른, 때로는 다정하고 때로는 앙칼진 밀당의 고수, 주먹이가 산다. 주먹이의 존재를 처음 알게 된 건 공부방 아이들 덕분이다.

"선생님, 주먹이 애교 엄청나요. 저만 보면 발라당 넘어가요.”

‘그런 귀요미가 상가 편의점에 산다니, 영접하러 가야지!’
잔뜩 기대하고 있던 찰나,

“선생님, 이거 보이세요?”

한 아이가 손등을 내밀었다. 연약한 피부 위에 선명하게
남은 상처 하나.

“주먹이가요. 제가 문 닫을 때 꼬리가 끼였는데, 바로 손
등을 할퀴었어요.”

울상 지으며 고개를 절레절레 흔드는 아이의 모습에 순
간 당황스러웠다. 애교 고양이 맞는 거냐고. 의견이 이렇게
엇갈리는 주먹이라니. 어떤 녀석인지 나는 호기심을 안고,
편의점으로 달려갔다. 그런데, 두둥. 주먹이는 없었다.

“날이 좋으면 주먹이는 여기 없어요. 하루 종일 바깥에
서 놀아요.”

편의점 사장님이 싱긋 웃으며 말을 이었다.

“동네 고양이들이 잘 지내는 것 같다가도 어느 날 보면
하나둘 안 보이거든요. 2년을 넘기기 힘든데, 주먹이는 벌
써 사 년째 저랑 있어요. 허허.”

편의점 사장님의 웃음 너머로 주먹이에 대한 애정이 폴

폴 피어올랐다. 주먹이의 생활을 오래 지켜본 사람만이 건
넬 수 있는 온기를 묻힌 채로. 그렇게 몇 번을 헛걸음한 끝
에 드디어 주먹이와 조우했다. 요상한 자세로 말이다.

카운터 테이블 위에 떡하니 앉아 다리 한쪽을 올리고 그
루밍 하던 주먹이. 귀찮다는 듯 심드렁한 표정을 짓더니,
'왔냐옹? 계산하고 가라옹'이라는 눈빛을 날리는 포스에 나
도 모르게 웃음이 터졌다. 툭툭 흘러넘치는 카리스마. 아무
래도 편의점의 진짜 주인은 주먹이 같다.

날이 쌀쌀해지면 주먹이는 자연스럽게 편의점 안으로 들
어온다. 카운터를 지키다 꾸벅꾸벅 졸기도 하고, 심심할 땐

진열대 물건을 쿡쿡 건드려 보기도 한다. 편의점 직원인지, 사장인지. 어쨌든 이곳의 정수는 주먹이가 쥐고 있는 게 확실했다.

"고양이가 물건 망가뜨리면 손해잖아요?"

슬쩍 물어봤더니, 사장님은 또 '허허' 웃었다.

"착한 고양이예요. 장난치긴 해도 심하진 않아요."

토실토실한 주먹이는 눈치 따윈 모른다. 진열대도 쑤시고, 카운터도 차지하고, 때론 손님 장바구니를 구경할 때도 있다. 이런 모든 기행이 가능했던 건 사장님의 넉넉한 애정 덕분이리라. 사장님의 사랑은 주먹이 체중과도 비례하는 듯하다.

다정한 듯 앙칼진 듯 조금은 밀고 조금은 당기며 살아가는 묘생. 편의점 사장님이라는 든든한 백이 있는 한, 주먹이는 오늘도 동네에서 누구보다 자유롭고 당당하게 살아갈 것이다.

그리고 그즈음 나는 주먹이와는 다른 결을 가진 한 녀석을 알게 되었다.

고양이　엄마가
납치됐다

　　　　　　　딸아이의 휴대전화가 쉴 새 없이 울렸다. 친구와 약속을 잡기 위한 작지만 절실한 몸짓. 주말이면 언제나 가족 곁을 맴돌던 아이였는데, 이젠 혼자 나가 친구와 어울릴 만큼 자랐나 보다. 딸 없이 맞은 주말 오후, 주중 회사 일로 탈진한 남편은 여전히 침대와 한 몸이 되어 꿈속에서 헤매고 있었다. 이사 온 지 얼마 안 된 동네를 천천히 걸어 보고도 싶고, 따뜻한 커피 한 잔도 그리운 그런 날인데. 자는 남편을 깨워 함께 나갈까 하는 생각이 스쳤지만, 이내 그만두었다. 예전 같으면 주말 오후에 내리 잠만 자는 남편이 야속하게 느껴졌을 텐데, 이상하게 안

쓰러웠다. 나이 들어 둥글어진 건지, 조금씩 내려놓는 법을 터득한 건지. 이유야 어찌 됐든 토요일 오후까지 깊은 잠에 빠진 남편을 보며, 충전 모드가 되기를 바라는 마음으로 방문을 닫아 주었다.

"아들, 동네 한 바퀴 돌까?"

"아우, 난 집에 있는 게 좋은데."

만화책에 빠져 히죽대는 사춘기 아들에게는 예의상 물어본 것으로.

'혼자 나가 보지 뭐.'

아파트 로비 문을 열고 나서자 제법 순한 바람이 손끝에 닿았다. 11월 중순에 나긋한 바람이라니 반갑다고 해야 하나, 반갑지 않다고 해야 하나. 지구 온난화와 미래 세대를 잠시 걱정하며 한 걸음 한 걸음 '나 홀로 동네 탐방'을 시작했다.

뭔가 좋은 일이 일어날 것만 같은 날. 햇살은 따스하고, 바람은 상냥했다. 북적이지 않는 지방의 작은 도시. 여유로운 걸음 속에 마음도 고양이의 솜털처럼 보드라워졌다. 그렇게 천천히 걷는 동안 사소한 것들이 예뻐 보이기 시작했다. 벽돌 사이사이 피어난 이름 모를 풀꽃, 햇살 아래 느긋

하게 졸고 있는 강아지 한 마리, 창 너머 책을 읽고 있는 카
페 주인.

평소라면 스쳐 지나갔을 것들이 나를 향해 손을 흔드는
것만 같았다. 아무 일이 일어나지 않아도 좋은 예감이 맴돌
았다.

걷다 보니 어디선가 살랑살랑 소리가 들렸다. 귀를 기울
이니 바람 사이로 맑게 스며든 풍경 소리였다.

'분명 알록달록한 풍경들이 내는 소리일 거야.'

걸음을 멈추고 귀가 반응한 방향으로 조심스레 발을 옮
겼다. 그곳에는 역시나 작은 소품 가게가 하나 있었다. 오래
된 간판 지붕 끝에 매달려 바람과 놀고 있는 풍경들. 투명
한 소리가 공기 사이를 가로질렀다. 풍경 아래로는 햇살 한
줌이 내려앉아 가게 입구를 따스하게 비췄다. 나는 소리와
색에 홀려 가게 안으로 들어갔다. 비밀의 방으로 들어가는
듯 조심스럽고 설레는 마음으로.

가게 안은 포근했다. 낮은 조도의 조명 아래 시간이 멈
춘 공기가 유유히 흐르는 곳. 선반에는 아기자기한 것들이
가지런히 놓여 있었다. 투명한 병 속에 담긴 말린 꽃잎, 손
으로 정성껏 빚은 도자기 찻잔, 빛이 닿을 때마다 무늬가

드러나는 유리컵. 그리고 하나의 소품처럼 앉아 있는 고양이 한 마리. 검정과 흰색 털을 가진 연둣빛 눈매가 부드러운 아이였다. 몸을 작게 말고 앉아 있었지만, 낯선 기척에 슬쩍 눈을 들었다.

"사장님, 여기 고양이가 있네요?"

내 말에 카운터 너머에서 책장을 넘기던 사장님이 고개를 들었다.

"아, 원래는 엄마 고양이랑 같이 다니던 길고양이였어요."

잠시 고양이를 바라보던 사장님은 한 박자 쉬고 말을 이었다.

"그런데 어느 날 가게 앞에서 어떤 몹쓸 사람이 엄마 고양이를 납치해 가는 걸 옆에서 봐 버린 거예요. 그 뒤로는 고양이가 밖에 나가지 않더라고요. 그래서 함께 지내게 됐죠."

사장님의 말투는 덤덤했지만, 그 안에 묻힌 애정은 깊어 보였다. 밖으로 나가지 못하는 대신 가게라는 작은 공간에서 빛을 받고, 향을 맡고, 온기를 나누며 살아가고 있는 고양이. 고양이는 작은 숨결 속에 사연을 품은 채 앉아 있었다.

고양이를 바라보다가 나는 몇 해 전 동네를 뒤흔든 어두운 기억이 떠올랐다. 임신한 고양이의 눈을 찔러 실명하게 하고, 배를 가르고 찌르고 때려 수십 마리 고양이를 잔인한 방식으로 죽였던, 학대범 이야기.

주민들의 분노는 들끓었고, 학대범은 결국 동네를 떠나야 했다. 자기보다 약한 것들에게는 무자비함을 휘두르는 존재. 세상에서 가장 잔인한 동물은 어쩌면 사람일지도 모른다.

이곳의 고양이는 좋은 사람을 만나 다행이었다. 약한 것을 외면하지 않는 사람의 마음은 분명 바다보다 깊고 투명하리라.

"너, 그래서
여기 있는 거구나.
사장님한테 고마워서
이렇게 점잖게
앉아 있는 거구나.
귀여운 녀석."

고양이 티코스터 하나와 딸에게 줄 고양이 가방을 사고 가게를 나왔다. 고양이와 나직이 눈을 맞추며.

'잘 지내야 해. 세상엔 몹쓸 사람도 있지만, 따스한 사람도 많아. 사랑으로 아픈 흉터가 아물기를. 가끔 올게. 안녕.'

사람에게 받은 상처를 사람에게서 치유받는 고양이가 사람과 별반 다르지 않아 보였다. 우리는 상처받고도 다시 사람을 찾고, 실망하면서도 또 다른 누군가에게 기대고 싶어 하니까.

고양이에게 사장님은 가족이 되어 주었다. 말 대신 다정한 눈빛으로 얇은 담요 한 장으로 따뜻한 한 모금의 온기로 이곳이 안전하다는 걸 알려 주었다. 누군가에게 단 한 번이라도 기꺼이 머물러 주는 사람이 된다는 것. 그건 생각보다 대단한 용기다. 나는 가게 문을 나서며 다시 뒤를 돌아보았다. 풍경은 여전히 바람에 살랑였고, 고양이는 햇볕 아래 앉아 있었다. 어쩌면 우리도 서로에게 조금씩 스며들며 각자의 방식으로 누군가에게 가족이 되어 주는지도 모르겠다.

시간은 흘러 겨울의 한가운데를 지나고 있었다. 그리고 나는 뜻밖의 행선지에서 또 다른 고양이 가족을 만났다. 바람은 차가웠지만, 어딘가 다정했던 날이었다.

찬 바람의 기세는 햇살마저 맥없이 주저앉혔다. 바람이 뺨을 스칠 때면, 얼음 조각 하나가 붙었다가 떨어져 나가는 감각에 움찔했다.

"으윽, 너무 춥다. 어디 좀 들어갈까?"

지방으로 이사를 오며 나는 친구와 자주 만나지 못했다. 그래서 우리는 분기별로 여행을 다녔다. 그날은 친구와 1박 2일 여행을 마치고, 집으로 가던 중이었다. 점심시간이 다 되어 우리는 식당에 가려고 근처 관광지에 들렀다. 그런데 그곳에서 뜻밖의 가족을 만났다.

식당 앞 에어컨 실외기가 놓인 틈을 집 삼아 웅크리고

있던 고양이 두 마리. 내가 다가가자 녀석들은 재빨리 실외기 위로 올라왔다. 작은 고양이는 엄마 고양이 옆에 꼭 붙어 연신 울어 댔다. 엄마 고양이는 울음소리에 반응하듯 아기 고양이의 털을 부지런히 그루밍 해 주고 있었다. 발길이 떨어지지 않았다. 추위는 잠시 잊고, 나는 고양이들을 바라봤다. 고양이들의 모습에서 애틋함과 근심이 함께 느껴졌다. 나는 고양이들에게 더 가까이 다가갔다. 바싹 다가서서 아기 고양이를 바라보니 어딘가 아파 보였다. 눈도 짓물러 있었다. 엄마 고양이는 아기 고양이의 상처 부위를 집요하고도 조심스럽게 닦아 주었다. 왜 그토록 걱정스러운 눈빛이었는지 알 것 같았다.

실외기 아래에는 두 고양이 형제가 몸을 꼭 붙인 채 찬 바람에 맞서고 있었다. 누추한 공간이었지만, 그곳에도 고양이 가족의 체온과 마음이 닿아 있었다.

'이 겨울을 가족의 온기로 버티고 있구나.'

낯선 여행지에서 만난 고양이 가족을 보고 있으니, 마음 한쪽이 아려 왔다. 고양이 엄마의 무게를 바라보다 오래전 밤이 떠올랐다. 나 역시 엄마가 처음이라 모든 게 낯설고 두려웠던 시절이 있었다. 아들은 자주 아파 병원을 들락

거렸다. 운전을 시작했던 이유도 어린 아들을 병원에 데리고 가기 위해서였다. 어린 아들의 몸이 갑자기 뜨겁고 창백해졌던 기억이 떠오르자 심장이 덜컥 내려앉았다. 아이를 안고 응급실로 정신없이 달리던 새벽 거리는 길고도 아득했다. 그때 맘을 졸이며 쏟았던 눈물이 고양이 엄마의 깊은 눈을 보며 다시금 떠올랐다. 고양이 엄마가 애틋하게 느껴졌던 건 그래서였을 것이다.

“많이 힘들지?”

“냐옹.”

“대답도 잘하네.”

그렇게 고양이 엄마에게 말을 건네고 있는데, 등 뒤로 기척이 느껴졌다. 뒤를 돌아보니, 한 아저씨가 사료와 추르를 들고 고양이 곁으로 다가왔다. 맞은편 카페의 주인이라는 그는, 고양이 가족을 살뜰히 챙기고 있었다.

“애 눈이 짓물러서 병원에 데려가려 했는데, 어미가 절대 안 놔 줘요.”

아저씨는 고양이들을 위해 카페 옆 공간에 캣타워와 천막도 마련해 뒀다고 했다. 아저씨의 말을 듣자, 마음이 스르륵 놓였다. 엄마의 사랑과 누군가의 관심이 있다면, 아기 고양이의 아픔도 고통도 곧 나아질 테니 말이다. 사람이든 고양이든 누군가의 온기로 자라나는 거니까.

몇 해 전, 가족과 송도에 놀러 간 적이 있다. 나는 그곳에서도 특별한 고양이 가족을 만났다. 누가 봐도 빼닮은 젖소 고양이 대가족이었다. 보통 고양이는 생후 6개월 무렵이 되면 어미 품을 떠나 독립적인 생활이 가능하다. 그런데 이 젖소 고양이들은 한데 모여 살았다. 낯선 풍경이었지만, 한 공간에서 여유롭게 각자의 시간을 보내는 모습을 보니 내 마음도 편안해졌다. 아기 고양이들은 사람들과 장난을 치며 뛰놀았고, 엄마 아빠 고양이는 아기 고양이가 노는 모습을 지켜봤다. 코끝이 찡해졌다. 고양이 가족이 전해 준 평온함 때문이었다. 나는 젖소 고양이 가족을 보며 그들의 평화가 오래 지켜지기를 바랐다. 가족은 함께함으로써 의미가 있는 거니까.

언젠가 고양이 가족이
각자의 길을 가야 할지라도
평범한 하루를
특별하게 만들어 주던
가족의 온기가
오래 남아 있길 바랐다.

불국사에서 만난
고양이

　　기단 위에 얹힌 탑들과 단청이 바랜 기둥들 사이, 겹겹의 시간이 깃든 불국사. 그곳을 다시 찾은 건 스무 해 만이었다.

　　기억 속 불국사는 햇살에 반짝이던 청명한 색이었다. 오랜 시간이 흐른 뒤, 다시 마주한 불국사의 풍경은 한층 더 깊어져 있었다. 탑의 이음새엔 비바람의 흔적이, 기둥의 무늬엔 사람들의 간절함이 묻어 있었다. 삶을 품어 준 거대한 시간이 서려 있는 듯했다. 하필 전날부터 하늘이 뚫린 듯 비를 퍼부어 땅은 질척거렸지만, 불국사 입구에 도착하니 빗줄기는 잠시 멈추었다. 회색 물감을 머금은 하늘빛이 세상을 온통 불투명하게 만들었다. 덕분에 불국사의 기품은 또렷하고 투명하게 느껴졌다. 가족끼리 연인끼리 천년고도의 기운을 나누는 사람들 사이를 지나, 불국사로 들어섰다. 화려하지만 속내를 감춘 다보탑. 겹겹이 쌓인 곡선과 장식은 마치 비밀을 감춘 사람 같았다. 겉은 화려하지만, 탑 안에는 무거운 고요가 내려앉아 있었다. 그 옆, 석가탑은 참 달랐다. 단정하고 간결한 선. 어떠한 과장도 없이 서 있는 모습이 마음을 비추는 거울 같았다. 두 탑은 나란히 서 있었지만, 다른 이야기를 품고 있었다. 그저 오래된 돌덩이일 수도 있었던 두 탑이 다른 울림을 주고 있다는 것이 신기하고, 위로가 되었다. 그곳에 한참을 머무르며 딸아이와 사진을 번갈아 찍고, 다음 장소로 발걸음을 옮기려던 그때였다. 후다다닥.

"여기 고양이 있어."

딸아이의 시선이 머문 자리에 고양이 한 마리가 있었다. 아이의 발걸음이 다가가자, 고양이는 잽싸게 작은 몸을 날려 도망치기 시작했다. 고양이의 입에 누군가 흘린 비스킷 하나가 물려 있는 것이 그제야 보였다.

우리는 조심스레 다가가 고양이를 지켜보았다. 허겁지겁

먹느라 누가 다가오는지도 모른 채 순식간에 비스킷을 해치운 녀석. 얼마나 굶주렸던 걸까. 그러고는 또 어딘가로 서둘러 사라졌다. 어쩌면 또 다른 과자 부스러기를 찾아 사람들의 틈을 지나가고 있는지도 모르겠다. 역사의 숨결이 깃든 절 앞에 선 사람들의 감탄과 웃음소리, 고양이의 가느다란 뒷모습. 그것들이 포개지며 내 마음 한편이 시려 왔다. 딸아이는 한참 동안 고양이가 사라진 쪽을 바라보다가 입을 열었다.

"고양이도 여기에서 살고 있는 걸까?"

"그럴지도 모르지. 천 년 동안 이어진 절이라면 수많은 고양이도 머물렀을 거야."

불국사의 탑들은 천 년을 넘게 한자리를 지키고 있었다. 얼마나 많은 생명들이 그곳을 스쳐 지나갔을까? 하루를 견디기 위한 고양이의 발걸음처럼 수많은 생이 스쳐 간 시간 속에서도 탑은 묵묵히 서 있었다. 잠시 생각이 머물다가 나도 모르게 돌계단 아래 나뭇잎 사이를 한참 바라보았다. 잠시라도 비를 피할 수 있는 공간, 허기를 채울 수 있는 조각 하나, 누군가의 눈길 속 다정함 하나만 있다면 이곳도 누군가에겐 집이 될 수 있겠지. 돌아오는 길, 과자 부스러기를 허겁지겁 먹던 고양이가 자꾸만 마음에 걸렸다. 딸아이도 같은 생각이었는지 말을 건넸다.

"고양이 잘 살았으면 좋겠다."

"엄마도 그래."

우리는 말끝을 흐리며 잠시 창밖을 바라보았다. 비가 다시 쏟아질 기세였다. 잿빛 하늘 아래 우리의 마음이 소리 없이 흘러내렸다. 다보탑의 화려한 곡선과 석가탑의 정갈한 직선처럼 세상의 생명들도 저마다의 모습으로 살아 내고 있다. 누군가는 감탄하며 탑을 올려다보고, 누군가는 땅바닥의 과자 부스러기를 뒤지며 살아가고 있는 것처럼. 불현듯 그런 생각이 들었다. 불국사라는 이름이 '불국토의 사찰' 고요하고 깨달음이 머무는 땅이라면, 내가 만난 고양이와의 짧은 마주침도 어쩌면 작지만 선한 깨달음이었는지도 모른다고. 이곳은 탑을 보기 위해 오는 절이 아니라, 잠시라도 탑 아래 생명을 내려다보는 절일지도 모른다고. 하늘은 한층 무거워졌고, 비는 소리 없이 내리기 시작했다.

다정함의 비밀은
귀여움

무더위가 마지막 발악을 하고 있었다. 순순히 물러설 마음 따윈 없다는 듯 여름은 끝까지 존재감을 과시했다. 요 며칠 선선한 바람에 한풀 꺾였던 기세를 되찾겠다는 양, 무자비한 열기로 가득했다.

"왜 이러지?"

잘 돌아가던 에어컨이 갑자기 멈췄다. 리모컨을 아무리 눌러 봐도 반응은 없었다.

"이거 큰일이네."

폭염에 에어컨 없이 수업한다는 건 상상조차 어려운 일이었다. 급히 학부모에게 메시지를 보내 양해를 구했다. 에 에어컨이 고쳐질 때까지는 어쩔 수 없이 수업을 멈추어야 했다. 집에 가만히 있는 것도 이토록 버거울 줄이야. 나는 더위를 식힐 수 있는 곳을 찾아다니기 시작했다. 먹는 것도 쉬는 것도 밖에서 해결하던 중에 한 카페에 들어서게 됐다. 곱슬거리는 털이 매력적인 고양이 세 식구가 지내는 카페였다.

고양이들은 이곳저곳을 다니며 손님들을 맞이했다. 역시 카페지기다운 모습이었다. 고양이가 스쳐 지나가기만 해도 여기저기서 웃음소리가 터져 나왔다. 남녀노소를 막론하고 고양이들의 앙증맞은 몸짓에 사람들은 시선과 마음을 온통 빼앗겼다.

연신 핸드폰을 보고 있던 남학생 발밑으로 새끼 고양이가 지나갔다. 무뚝뚝했던 표정이 순식간에 부드러워지더니, 핸드폰을 들고 사진을 찍어 댔다. 엄마 고양이가 다정해 보이는 커플의 테이블 위로 번쩍 뛰어올라 식빵 자세를 취했다. 커플의 웃음소리가 유리알처럼 흘러갔다. 머리가 희끗희끗한 할머니가 아빠 고양이 앞에 서서 한참을 바라봤다. 그리고는 어린아이 같은 미소를 지었다. 역시 귀여움은 사람을 다정하게 만드나 보다.

＊　＊　＊

지난겨울, 엄마와 난생처음 외국으로 여행을 떠났다. 함께 여행을 떠난 것도 오랜만이었는데, 낯선 땅에서 나란히 지낸다는 게 새삼 특별하게 느껴졌다. 엄마와 어떤 시간을 보내면 좋을까 고민하다가 문득 페디큐어가 떠올랐다. 처음엔 단칼에 거절할 줄 알았는데, 엄마는 의외로 눈을 반짝이며 가 보고 싶어 했다.

페디샵에 앉은 우리는 각자 마음에 드는 디자인을 고르기 시작했다. 나는 엄마에게 은은한 색감에 고상한 꽃무늬를 권했지만, 엄마는 뜻밖에도 귀여운 동물 캐릭터를 골랐다. 태어나서 처음 받아 보는 페디큐어. 발톱 위에 캐릭터가 하나씩 완성될 때마다 엄마의 얼굴은 아이처럼 환해졌다. 여행 내내 엄마는 발톱을 수시로 들여다보며, 비밀스러운 보물을 가진 사람처럼 흐뭇한 미소를 지었다. 수영장에 갔을 때는 자세를 취하더니 사진을 찍어 달라고 했다. 나는 엄마의 발에 초점을 맞추고, 여러 장의 사진을 찍었다. 엄마의 모습이 귀엽기도, 뭉클하기도 했다. 엄마 발가락에 앉아 있는 고양이와 생쥐 캐릭터가 이렇게나 울컥할 줄이야.

귀여움은 굳은 마음을 풀리게 한다.
귀여움은 어린아이가 되게 한다.
귀여움은 마음을 울린다.

치앙마이
미술 교습소　고양이

　　　　　　치앙마이에 머무는 동안 자주 찾았던 곳은 올드시티의 작은 미술 교습소였다. 태국의 소박한 가정집 사이에 자리 잡은 이곳은 정감이 가는 곳이었다. 교습소 앞에는 오래된 나무 벤치와 주인장의 오토바이가 있었다. 들어가는 입구에는 신발이 있을 때도 없을 때도 있었는데, 신발 개수에 따라 안에 있는 사람의 수를 미리 짐작할 수 있었다. 나는 이곳의 느슨한 분위기가 좋았다. 자유로운 모습에 편안함을 느꼈다.

　님만해민에서 택시를 타고 올드시티로 들어서면, 창밖 풍경부터 달라진다. 단정하고 세련된 님만해민의 거리와 달리, 이곳은 묵은 것들의 매력이 넘치는 곳이었다. 차창 밖으로 보이는 좁은 골목길을 따라 눈길을 주다 보면, 허름한 벽돌담에도 작은 화분이 가득 놓여 있었다. 골목 끝자락에는 오래된 사원의 황금빛 지붕이 살짝 모습을 드러냈다. 그곳을 보고 있으면 겪어 보지도 않은 수백 년 전의 일상이 상상되곤 했다. 창밖을 한참 구경하다 보면 올드시티에 닿았다. 우리는 택시에서 내려 아담한 미술 교습소로 발길을 옮겼다. 드르륵, 미닫이문이 열리면 사방에는 주인장이 그려 놓은 그림들이 빼곡히 붙어 있었다. 태국의 풍경, 주름 진 여인의 얼굴, 수도승의 모습. 그림에는 저마다의 이야기가 담겨 있었다. 그중에서도 유독 내 눈길을 붙잡은 건 정교하게 그려진 고양이 그림이었다. 북슬북슬한 털과 살짝 졸린 눈, 동그란 얼굴을 가진 그림 속 고양이가 어쩐지 우리 집 베리와 닮아 있었다. 그림을 바라보고 있으면 웃음이 나왔다. 어느덧 여행의 설렘은 사라지고, 집에 있는 고양이들이 그리워질 즈음이었다.

"엄마, 여기 베리 있어!"

그림에서 빠져나온 듯한 고양이가 유유히 우리 앞으로 지나갔다. 딸아이는 집에 있는 베리와 똑 닮은 고양이가 신

기한지 한동안 눈을 떼지 못했다. 어쩜 털 빛깔도, 생긴 것도, 하는 행동도 베리와 비슷한 건지. 베리의 쌍둥이 형제인 건지. 믿어지지 않는 상황에 나도 고양이에게 자꾸 눈길이 갔다. 미술 교습소에는 세 마리의 고양이가 살고 있었다. 다른 고양이들은 벤치에 앉아 있거나 밖에 돌아다니는 걸 좋아했는데, 유독 베리 닮은 고양이는 사람과 있는 것을 좋아했다. 주인장에게 나는 괜스레 아는 척을 해 봤다.

"고양이 이름은 뭐예요? 우리 집 고양이와 닮아서 깜짝 놀랐어요. 사람을 잘 따르네요."

"이 녀석만 제가 잘 때 옆으로 온다니까요."

이곳 주인장도 베리 닮은 고양이를 유독 예뻐하는 듯했

다. 사람이든 동물이든 자기를 따르는 존재에게 마음이 가는 건 당연지사. 그러니 이 녀석을 그린 그림을 전시해 놓았겠지. 베리가 자기와 비슷하게 생긴 고양이를 본다면 어떤 생각이 들까. 닮았다는 걸 알아볼 수 있으려나.

길을 가다 우연히 같은 옷을 입거나 같은 신발을 신은 사람을 보면, 부끄럽기도 하지만 왠지 모르게 힐끔거리게 된다. 나와 취향이 비슷하다는 공통점이 하나의 연대를 만들었는지도 모른다. 만약 나와 똑 닮은 사람을 만난다면 어떤 기분이 들까. 어릴 적에 친구가 들려준 이야기가 있다. 세상 어딘가에는 자신과 꼭 닮은 사람이 분명히 존재하는데, 둘이 마주치면 한 사람은 반드시 죽게 된다는 이야기였다. 어린 시절에 나는, 친구 얘기를 듣고 몹시 무서웠다. 하지만 돌이켜 보면 그런 이야기가 생겨난 건 '닮음'이라는 순간이 경이롭기 때문은 아니었을까. 서로 다른 시간을 살아온 존재들이 예고 없이 같은 표정으로 마주하는 일은 우연이라는 말로 담기 어려울 것이다. 어쨌든 베리는 오래오래 살아야 하니까, 둘은 만나지 않는 게 좋겠다.

아이들은 이곳을 무척 좋아했다. 누구의 강요 없이 마음 가는 대로 그림을 그려 보는 시간. 몰입이란 억지로 시켜서는 결코 될 수 없는 법. 자기가 좋아하는 것을 스스로 찾는 순간, 그제야 비로소 시작되는 것.

아이들이 그림에 푹 빠져 있는 동안 나는 이곳의 고양이 한 번, 내 핸드폰 속 베리 한 번 번갈아 보며 시간을 보냈다. 아이들의 웃음소리와 고양이의 느긋함이 어우러진 치앙마이 미술 교습소를 나는 여러 날 드나들었다. 베리와 꼭 빼닮은 고양이가 있어 이곳이 다정하게 느껴졌는지 모른다.

흉터　위에 핀
꽃

　　　　　　빨간 쏭태우(Songthaew 트럭을 개조한 태국의 저렴한 공유버스)가 달려가면 뚫린 창을 통해 바람이 스며들어 왔다. 작열하는 태양 아래서 맞는 한 줄기 바람이 이토록 고마울 줄이야. 쏭태우는 마침내 태국 치앙다오의 작은 숙소 앞에서 멈춰 섰다. 주섬주섬 짐을 챙겨 숙소로 들어서는 길, 사방이 초록빛으로 감싸인 집이 우리를 먼저 맞아 주었다. 초록은 언제나 마음을 씻어 주듯 묵은 근심까지도 쓸어내린다. 숙소 앞으로 펼쳐진 싱그러운 잔디밭과 깊은 산 기운을 머금은 능선을 바라보니, 마음이 뻥 뚫린 듯 시원해졌다.

치앙마이에서 차로 한 시간쯤 달려오면, 별이 흐드러진다는 치앙다오에 닿는다. 치앙마이보다 고요한 이곳의 공기는, 바쁘게 살아오던 내 마음을 느슨하게 풀어 주었다. 아이들은 청명한 빛결의 잔디밭을 마음껏 뛰어다녔다. 숙소에서 키우는 강아지 두 마리가 그 곁을 함께 달렸다. 이곳은 작은 천국이었다.

해가 서쪽으로 기울어 갈 즈음, 검은 고양이 한 마리가 다가왔다. 자그마한 몸집에 호기심 가득한 눈빛을 가진 녀석은 주저 없이 우리 숙소 안으로 들어섰다. 사람을 무서워하기는커녕, 오히려 사람 사이를 여유 있게 오갔다. 녀석의 천진한 넉살에 살포시 손을 내밀었을 때, 나는 깜짝 놀랐다. 녀석의 뒷다리가 조금 짧아 보였기 때문이다.

"사장님, 이 녀석 다리가 왜 이런가요?"

"누군가 놓은 덫에 걸려서, 뒷다리가 잘려 나갔어요. 제가 구조해서 키우고 있어요."

녀석은 밝고 순한 아이였다. 작고 여린 몸으로 얼마나 큰 고통을 견뎌 냈던 걸까. 그럼에도 아이는 내 손길을 받아들이고, 다시 자기 길을 묵묵히 걸어갔다. 녀석의 뒷모습을 보니 가슴이 시큰해졌다. 조그만 생명체조차 이토록 당당하

게 일어나는데, 나는 마음의 작은 상처에도 쉽게 주저앉고
있었던 건 아닌지. 삶이 한순간에 바뀌어 버린다면, 과연
담담히 받아들일 수 있을지.

그 물음 끝에 이지선 교수가 떠올랐다. 그녀는 대학 4학
년 시절, 친오빠와 귀가하던 중 술에 취한 운전자가 낸 7중
추돌사고로 차량 화재에 휘말렸다. 사고로 그녀는 전신
55%에 3도 화상을 입었고, 30번이 넘는 대수술을 견뎌야
했다. 고통은 상상조차 어려웠다.

그럼에도 그녀는 삶을 멈추지 않았다. 오히려 삶은 선물
이라고 고백하며 그녀는, 그녀의 저서 『지선아, 사랑해』를
통해 인간이 가질 수 있는 가장 단단한 마음을 쏟아 내었
다. 사고가 없었다면 몰랐을 삶의 비밀과 감사를 담아냈다.
그녀는 자신의 흉터를 숨기려 하지 않았다. 오히려 그것을
살아 있는 증거로 내가 받은 또 다른 선물로 받아들였다.
흉터가 사라지지 않는다는 건 그녀가 여전히 살아 있다는
뜻이기도 했다.

'나는 예전으로 돌아가고 싶지 않아요. 이 모든 경험이
나를 더 깊게 만들어 줬으니까요.'

흉터를 사랑하기까지 얼마나 오랜 시간이 필요했을까.

나는 마음의 작은 흉터조차 숨기기 바빴는데, 그녀는 가장 깊은 상처를 오히려 품고, 그것을 감사의 노래로 불렀다. 얼마나 눈부신 용기인지. 그녀의 이야기는 내 마음 한편을 오래도록 따뜻하게 지펴 주었다. 어떤 상처는 흉터로만 남지 않는다. 끝내 다시 일어나면 반드시 삶의 꽃이 핀다. 깊이의 열매가 맺힌다.

나는 여전히 운전대를 잡는 데 주저하고 있다. 차 안에서 겪었던 강렬한 경험을 잊을 수가 없기 때문이다. 버스를 타는 것도, 기차를 타는 것도, 비행기를 타는 것도 나에게는 도전이다. 새로운 것을 하는 것과 새로운 곳에 가는 것은 큰 용기가 필요한 일이다.

＊ ＊ ＊

지난해 가을, 가족과 대만 여행을 다녀왔다. 사실 그전에 계획된 여행이었지만, 허리 디스크가 생기는 바람에 출국 일주일을 앞두고 취소할 수밖에 없었다. 가족 모두 기대하는 여행을 더는 미룰 수가 없었다. 여행 날짜가 다가오면 난 늘 그렇듯 마음이 조마조마한다. 공황장애 약을 몇 달

전부터 먹어 보기도 하고, 비행기를 타기 전에 심신 안정제를 먹어 보기도 하고, 비행기 안에서 잠을 청해 보기도 하고, 책을 읽거나 음악을 듣거나, 글을 쓰면서 두려운 감정에 휩쓸리지 않으려고 노력해 보기도 한다. 처음 공황장애 진단을 받았을 당시, 담당 의사는 관련 약을 6개월에서 1년 정도 먹으면 완치가 될 거라고 했다. 나는 그 말을 철석같이 믿으며 약을 빠짐없이 먹었다.

그러나, 이 병에 완치란 없었다. 몸과 마음에 균열이 생기면 언제든 먹구름이 몰려오듯 증세가 찾아왔다. 그것이 두려워, 나는 예기불안을 일으킬 만한 일들을 피하며 살아왔다. 그러다 어느 날은 억울했다. 예전의 나는 새로운 것을 하는 것이, 새로운 곳에 가는 것이 즐거운 사람이었는데, 이 말도 안 되는 질환으로 내 삶의 영역이 좁아지는 것이 말이다. 그래서 마음을 고쳐먹었다. 너를 버릴 수 없고 너와 함께 가야 하는 거라면, 너를 인정하고 조금 더 친해져 봐야겠다고.

대만 여행 중 아이들은 타이베이 101 타워 전망대에 가장 가고 싶어 했다. 많은 사람과 엘리베이터를 타고 높은 층까지 올라가야 한다는 생각에 선뜻 용기가 나지 않았다. 그때 남편이 티켓을 끊어 왔다. 여기까지 왔으니 한번 가 보자는 것이었다. 그 말이 끝나자마자 내 심장은 밖으로 튀어나올 것 같았다. '나 갈 수 있을까? 가 보자. 까짓것.' 두 마음이 시소를 타고 오르내리는 사이, 나는 엘리베이터 앞에 다다랐고, 결국 올라탔다. 인파에 떠밀렸고, 티켓 값이 비싼 이유였다.

'아무 일도 일어나지 않아. 일어난다 한들 죽지 않아.'

나는 심호흡을 하며 전망대로 올라갔다. 엘리베이터를 타기 전에는 나를 둘러싼 시공간이 멈출 것만 같았는데, 어느새 마지막 층에 도착해 있었다. 전망대까지는 37초 걸렸다. 도저히 '할 수 없을 것'만 같던 결핍이, '내가 해냈다'라는 감격으로 채워졌다. 충만했다. 벅찬 마음으로 나는 전망대를 유유히 걸어 다녔다. 위에서 내려다보는 타이베이 시내는 눈이 시리도록 찬란했다. 아래에서 볼 땐 사방이 후미지고 어두워 보였는데, 위에서 보니 같은 세상이 이토록 빛이 났다. 인생이 어찌 아름답기만 할까. '아픔, 상처, 고통, 흉터'라는 티끌이 한데 모이고, 다듬어지고, 연마되어 고귀한 도자기가 되는 것. 그것이 삶이 아니었던가.

나는 아픔을 아는 사람이 좋다. 상처를 견뎌 낸 사람을 경외한다. 고통을 부끄러워하지 않는 사람을 사랑한다.

치앙다오에서 만난 검은 고양이 역시 상처를 딛고 앞으로 걸어갔다. 검은 고양이의 뒷모습에서 흉터 위에 피어난 꽃을 보았다. 삶의 고결한 의지를 발견했다.

치앙다오의 깊어 가던 밤을 기억한다. 모닥불이 타박타박 타들어 가자, 별들이 하나둘 빛을 냈다. 별을 보기 위해 찾아온 자리였지만, 별빛 속에서 먼저 떠오른 것은 고양이의 강인한 눈빛이었다. 그 눈빛을 바라보며 생의 숭고함과 굳건함을 배웠다.

이 세상
어떤 어둠도
어떤 아픔도
결국에는
빛으로 물드는 순간이
찾아온다는 것을
나는 믿는다.

하늘에 별이 총총 박히면
밤공기를 가르며 뛰었다.
하늘을 가득 메운 별빛은
그야말로 환상적이었다.
매일이 천국이었다.

그러다 누군가 놓은 덫에 걸려 버렸다.
발버둥 칠수록 고통은 더 밀려왔다.

눈을 떴을 땐
한 사람이 나를 안고 있었다.
말없이 품에 안은 채,
돌보아 주었다.

이제는 예전처럼 달릴 수는 없지만,
여전히 걸을 수 있다.
요즘에는 잔디밭을 뛰어다니기도 한다.
내일은 조금 더 멀리 나가 볼 생각이다.

묘하게 다정한 날들

초판 1쇄 발행 2026년 1월 30일

지은이   희서

펴낸이   오세룡
편집   김윤미 손미숙 박성화 윤예지
기획   곽은영 이수연
디자인   최지혜 고혜정 김효선
일러스트   이수연
홍보· 마케팅   정성진

펴낸곳   담앤북스
주소   서울특별시 종로구 새문안로3길 23 경희궁의아침 4단지 805호
대표전화   02-765-1251(영업부)   02-765-1250(편집부)
전송   02-764-1251
전자우편   dhamenbooks@naver.com

출판등록   제300-2011-115호
ISBN 979-11-982476-6-7(03810)

'수류책방'은 담앤북스의 인문 교양서 브랜드입니다.

정가 16,800원